-格致文库-
留给未来中国的好笔墨

灯下谈吃

何亦聪 著

山西出版传媒集团　北岳文艺出版社
·太原·

图书在版编目（CIP）数据

灯下谈吃 / 何亦聪著. —太原:北岳文艺出版社, 2018.7
ISBN 978-7-5378-5623-2

Ⅰ.①灯… Ⅱ.①何… Ⅲ.①散文集—中国—当代 Ⅳ.①I267

中国版本图书馆CIP数据核字(2018)第126018号

书　　名	灯下谈吃
著　　者	何亦聪
责任编辑	关志英
装帧设计	张永文
出版发行	山西出版传媒集团·北岳文艺出版社
地　　址	山西省太原市并州南路57号
邮　　编	030012
电　　话	0351-5628696（发行部）
	0351-5628688（总编室）
传　　真	0351-5628680
网　　址	http://www.byyw.com
E - mail	bywycbs@163.com
经 销 商	新华书店
印刷装订	山西人民印刷有限责任公司
开　　本	787mm×1092mm　1/32
字　　数	121千字
印　　张	6
版　　次	2018年7月第1版
印　　次	2018年7月山西第1次印刷
书　　号	ISBN 978-7-5378-5623-2
定　　价	30.00元

目录

001　　小引

001　　隆冬时节话羊肉
011　　馄饨担
017　　油条风味
022　　《醒世姻缘传》中的齐鲁风味
032　　面条
050　　民国文人豆腐谱
067　　《兴唐传》与山东菜
071　　豫北的早点
079　　鲁西的"大锅台"
084　　也谈瓦块鱼

089	在山东喝啤酒
095	米粉与米线
102	谈谈"急就章之菜"
109	粤菜在鲁西地区的兴起与衰落
118	烧鸡·炖鸡·熏鸡
126	砂锅
132	吃知了
135	甏肉干饭
138	炖鹅
141	子馍与壮馍
144	杂拌儿锅
147	吃驴肉
150	饕客梁实秋
157	五种面食
164	谈腌菜
167	牛肉汤
170	村宴之趣
173	月下饕客的时间
	——跋何亦聪《灯下谈吃》

小 引

旧时读《聊斋志异》，至"汾州狐"一节，其首云："汾州判朱公者，居廨多狐。公夜坐，有女子往来灯下，初谓是家人妇，未遑顾瞻，及举目，竟不相识，而容光艳绝。"（按汾州即今山西隰县）两年前我曾到该地小住，却未尝措意于旧时官廨。这段话所以能引我感触，不在"居廨多狐"，亦不在"容光艳绝"，而在"夜坐"和"灯下"，大概读书人幽居别处，总会有种不甘寂寞的想象，以为"月光之下必有新事"。《萤窗异草》中有"灯下美人"一节，则说得更为明显："琼州余舜章，少时读书于某寺。每当风清月白之顷，辄有良夜如何之慨，盖仅约而未婚也。"由此看来，"灯下"之作为一种情境，其作用不独在于澄明思绪，更能够凸显出白日里掩藏起来的种种欲望，正所谓"见性情"者是也。

地域不同，身份不同，人的想法亦自有异。晋商富甲天下，海南物产丰饶，官员士子，饱食之余，自然可以想一想"灯下美人"。吾乡旧时为黄泛区，民无恒产，颇患饥馑，即在好时节，平头百姓日食亦不过两餐，当地最为常见的一种饭食，叫作"盐水面"，顾名思义，就是将面条白煮，出锅后拌以葱花咸盐水——兰州人也有类似饭食，所不同的，只是将葱花换成了辣子。我的一位老师，说起早年间某次黄河泛滥，当水位渐涨时，他便移至房顶，只待水势下去再回地面。眼见着天色渐渐暗沉，他点起一盏早就准备好的菜油灯，抱膝望着远处星星点点的烛火，耳中听着人们微细的说话声，忽想起还有半锅面条在桌上，遂跳到一米多深的水里去捞那漂着的半锅面条，面条捞上来，又想起没有葱，于是用两根长竹竿在水中夹了根大葱上来，随手剥去外面葱叶，一口葱，一口面，在昏暗的油灯下吃得津津有味。过了这许多年，他已是古稀老人，忆及此事，唯一觉得遗憾的，竟是没想起带半碗咸盐水上房。

前者鲁迅有《灯下漫笔》，知堂有《灯下读书论》，近人作品中，孙郁先生也有《灯下闲谈》，今我坐于灯下，却只能孜孜于"谈吃"，何也？古人早有明训，饮食男女，人之大欲存焉。说得简单一点，这是人性，或曰人的共性。当然，在这个标举"中国经验"的时代，谈论人的共性，多少有些不合时宜。鲁迅曾憎恶于某些西方人的"愿世间人各不相同以增自己旅行的兴趣"，因为这可用于"反对亚洲的欧化"，但说到"食"与"色"，大概无论欧洲人还是亚洲人，其对美食与美人的喜爱，总是近似的。而今日的一大奇观则在于，有大量中国的知识者正在中国"旅行"，他们希望中国有所不同，或许也仅仅是为了"增自己旅行的兴趣"。总之，在这样一个连"性"都已成为"意识形态"的时代，要谈点常识是很困难的，想来想去，唯谈吃而已——不管怎么样，人总是要吃饭的，当洪水滔天时，真正让我们记挂的，或许不过是那半碗咸盐水。

隆冬时节话羊肉

有许多人是不吃羊肉的，嫌有膻味。邓云乡曾在《鲁迅与北京风土》中详考鲁迅日记中所记的在北京时下馆子的情况，结果发现，川、湘、鲁、粤、淮扬菜馆子都有，西餐馆和日料馆子也有，唯独没有的，就是"教门馆子"。所谓"教门馆子"，即是清真馆子，以烹制牛羊肉为主，因此，可以推定，鲁迅是不吃牛羊肉的。赵珩以为鲁迅和周作人兄弟二人皆不吃牛羊肉，此言或许不确，因周作人曾撰《带皮羊肉》一文，论及江南人食带皮羊肉的风俗，又谈到家乡的"羊肉粥"和"蒸羊"，其中有云：

> 吾乡羊肉店只卖蒸羊，即此间所谓汤羊，如欲得生肉，须先期约定，乡俗必用萝卜红烧，并无别的吃法，云萝卜可以去膻，但店头的熟羊肉却亦并无膻味。北京有卖蒸羊者，乃是五香蒸羊肉，并非是白煮者也。

由此可见，周作人并非不吃羊肉，他在北京时不去教门馆子，或许是由于吃惯了家乡的带皮蒸羊肉，口味不合的缘故。言及旧时北平的羊肉吃法，最为文人所称道的无非三种：爆羊肉、烤羊肉、涮羊肉。

早先听人说起老北平的爆羊肉，还以为是山东的葱爆羊肉，后来才知道那叫铛爆羊肉，不是一回事儿。在过去，铛爆羊肉属于平民食品，老北平最普通的"大酒缸"馆子门外，除了馄饨担，通常都有卖熏鱼和铛爆羊肉的，现叫现吃。邓云乡对北平教门馆子的爆羊肉有很详细的描述：

> 一个大灶，上面放大圆平铁镬子，极浅，几乎像一块大圆铁板，只是中间凹一点，下面烧着熊熊的烈火，把切得极薄的羊肉片和大葱丝，一同倒在这块铁板上干炒，一边炒，一边倒点好酱油上去，肉在铁板上嗞嗞地响着，香味随油烟飘散着，炒几下便铲出来，肉极软、极嫩、极香……

梁实秋生长于传统大家庭，饮食起居自有定例，牛肉是从来不入家门的，但每到秋风起时，都要专门吃一两回铛爆羊肉："院子里升起一大红泥火炉的熊熊炭火，有时也用柴，噼噼啪啪地响，铛上肉香四溢，颇为别致。"现今的北京，铛爆羊肉是难觅了，但要在传统的京味馆子里吃到葱爆羊肉，却是极容易的事情，只不过，从食材的质量上讲，已是大不如往昔——葱没葱味，羊肉也没羊肉味！

过去北平的烤羊肉，与现在的烤羊肉串或韩式烤肉不同，如果一定要类比的话，或许与韩式烤肉还略略相近些——同样是片成肉片在支子上或铁板上烤，同样是烤熟之后蘸作料吃。提到老北平的烤肉，首先让人想起的自然是烤肉宛和烤肉季，但这两家烤肉所选用的都是牛肉，真正以烤羊肉著称的则是前门肉市的正阳楼。正阳楼是北平老字号的饭店，早在光绪年间已颇有名气，魏元旷《都门琐记》云："正阳楼以羊肉名，其烤羊肉，置炉于庭，炽炭盈盆，加铁栅其上。切生羊肉片极薄，渍以诸料，以碟盛之，其炉可围十数人，各持碟居炉旁，解衣盘礴，且烤且啖，佐以烧酒，过者皆觉其香美。"正阳楼烤肉，一是选料精细，二是刀法利落，肉质好，肉片也切得飞薄，且所用羊肉绝非冰箱里拿出来的冻肉，这就不是寻常烤肉店能够做到的。梁实秋曾描写在正阳楼吃烤肉的情形云："正阳楼的烤肉支子，比烤肉宛烤肉季要小得多，直径不过二尺，放在四张八仙桌子上，都是摆在小院里，四围是四把条凳。三五个一伙围着一个桌子，抬起一条腿踩在条凳上。边烤边饮边说边笑，这是标准的吃烤肉的架势。"过去的烤羊肉也不像现在这样需要孜然、辣子等作料，有大葱、芫荽、酱油便足矣，正阳楼的芝麻烧饼夹烤肉，也是一绝。

烤牛肉、涮羊肉，是老北平饮食上的惯例，所以烤肉宛、烤肉季虽然盛名在外，却只以烤牛肉见称，唯有正阳楼这种特别以烹制羊肉闻名的地方，才是例外。夏天吃烤肉，冬天吃涮肉，大约也是一条不成文的惯例，因为吃烤肉油烟熏炽，宜赤膊上阵，吃涮肉则安居室内，围炉聚饮。光绪年间，严缁生作《忆京都词》注云："都中朔风虽厉，而风窗之制极妙，围炉聚饮，依然暖若阳春。每至酒家沽饮，辄置一小釜于案，而生切鸡鱼羊豕之肉，俾客自投沸汤中，熟而食之，视进自厨于者，味更鲜美，南中无此风味也。"大抵此时的涮肉尚不以羊肉为主，鸡、鱼、猪肉皆可涮食。唐鲁孙回忆旧时北平的涮肉说：

> 吃涮锅子以羊肉为主，什么"上脑儿""三叉""黄瓜条"加上腰、肝、肚子，光是从羊的身上找，能叫出十多种名堂来。扇个锅子，火势熊熊，热水滚滚，完全是君子之交，淡淡如也。

这全然是一派冬日情趣。现在我们提起老北平的涮羊肉馆子，映入脑海的自然是东来顺，但实际上，比起前门肉市的正阳楼，东来顺只能算是后起之秀。以正阳楼羊肉的选材之精、刀功之强，所炮制出来的羊肉片，既宜烤，也宜涮，老北平的涮肉不似现在的川式、粤式火锅那样有配料丰富、制作讲究的汤底，亮闪闪的铜锅子里就是一汪白开水，所以，肉质的好与不好，至关紧要。东来顺现在在各地都开有分店，是否还能保持过去的那种质量很难说，但价格总之不算低廉。张中行回忆二十世纪三十年代的东来顺，印象却主要归结为两点：一是礼貌和气，二是物美价廉。礼貌和气自不用说，重要的是物美价廉。东来顺原是以推车卖馅饼和粥起家，所以在一段时间之内仍能保持其平民化的底色，定价不高，且选材上乘，即以其最有名的涮羊肉为例："据说羊都是由口外买来，放在自己的羊场，喂一个月粮食才杀，所以肉质肥而嫩，与一般吃草的羊不同。调料也是自制的，就是开设在市场北门对面的天义顺酱园。"想想现在的所谓"涮羊肉"连是不是真的羊肉都令人存疑，其间的分别不啻霄壤。

我初到北京读书之时，最想一尝的京味美食有两样，爆肚和羊头肉。爆肚不难找，难的是如何找到一家口感令人满意的，倘若烹制者选料不精或火候掌握不到位，那么吃爆肚就成了一件苦差事，这一点，想必嗜食爆肚的老饕都很清楚。之所以想吃羊头肉，是肇因于梁实秋的一篇名为《馋》的文章。在这篇文章里，梁实秋写他在战乱时期离开北平，一走就是七八年，期间最想念的故乡美食，就是羊头肉。待到胜利还乡之后，一个冬夜，忽闻外面有叫卖羊头肉的吆喝声，遂披衣出门，唤来小贩，眼看着他在昏黄的油灯下用薄刀将羊头肉片得飞薄，洒上焦盐，然后端了一盘重回被窝，"在枕上一片一片的羊头肉放进嘴里，不知不觉的进入了睡乡。"虽是馋人馋事，但却实在是极美妙的一种情境，所以甫到北京，我就急切地想找家卖羊头肉的尝一尝鲜，惜乎遍寻而不见，着实懊恼了一番。在旧时北平，羊头肉是最寻常不过的平民食品，当时卖熟食的有红白柜子之说，所谓红柜子即是上了红漆的柜子，主要卖熏鱼，白柜子则是没有上漆的柜子，主要卖驴肉和羊头肉。打半斤烧刀子酒，就着一盘羊头肉，有吃有喝，对于平头百姓而言，是无上的享受。吃羊头肉讲究时令，不过立冬，是不会有小贩出摊售卖的。唐鲁孙对卖羊头肉的情形描述最详：

卖羊头肉的，都带着一盏雪亮灯罩儿的油灯，大概是卖羊头肉的标志。虽然卖羊头肉的主要是羊前脸，还有羊腱子、羊蹄筋，碰巧了有羊口条、羊耳朵甚至于羊眼睛。切肉的刀，又宽又大，晶光耀眼，锋利之极，运刀如飞，偏着切下来的肉片，真是其薄如纸。然后把大牛犄角里装的花椒细盐末，从牛角小洞洞磕出来，撒在肉上。

除了爆、烤、涮及羊头肉之外，老北平还有一味烧羊肉。所谓烧羊肉，大约有点类似于我们现在所说的红焖羊肉，乃是将大块的羊五花肉下锅煮熟，捞出之后过油一炸，再加佐料酱油焖炖。烧羊肉一定是有"羊肉床子"的馆子才卖，而且其好处不纯在羊肉，更在那一碗老汤——但凡懂行的老饕，在买烧羊肉的时候，都会向店家讨要一碗老汤带回去，用这碗老汤下面，其妙无穷。赵珩盛称隆福街的白魁烧羊肉，以为烧羊肉不同其他羊肉制法，要在夏至前后吃才好，"为什么呢？就是烧羊肉汤下面，浇上烧羊肉汤，再给你舀上一勺炸得酥酥的烧羊肉。"现在在北京再要找过去的那种"羊肉床子"和烧羊肉，怕是不容易了，我曾在鲁西一带乡间吃过当地所谓的"大炖羊肉"，从烹制方法上看，似乎稍为相近。大炖羊肉以单县一带所制最为有名，又名"红汤羊肉"，但单县大炖羊肉制法极为复杂，定要以羊骨汤为底，选用上好的山羊肉，另加白芷、草果、桂皮、良姜、丁桂、香菜、青蒜苗等多种佐料，故而要吃单县的大炖羊肉，必须到专门的馆子里面去，寻常百姓家里，是不可能有条件配齐品类如此众多的佐料的。鲁西乡间的大炖羊肉则要简单得多，先将煮熟的羊肉过油翻炒，再加料包、酱油、白菜、粉条炖煮，普通人家如有红白之事，宰杀一只活羊，搬几棵大白菜，提一捆红薯粉条，焖上一大锅大炖羊肉飨客，便已是极体面实惠的法子。鲁西一带乡民大多食量甚豪，端一海碗大炖羊肉，就着五六个馒头，顷刻即能下肚。

大体说来，北人食羊肉较南人为多，这不是没有原因的。一则，北方天气苦寒，而羊肉性温，隆冬之际，三五好友围着一盆羊肉汤锅小饮，热气蒸腾，确是件极惬意的事情；二则，南方羊大抵皮厚而肉少，周作人到了北京之后怀念浙东的带皮羊肉，深为北人食羊弃皮而专吃肉感到惋惜，实则北方的羊皮薄肉多，若照浙东人那样带皮而食，反为不美。若说有哪一种羊肉烹制方法南北皆宜、遍地可见的话，那大概就非羊肉汤莫属了。

羊肉汤究竟起于何时，已无从考证。《清稗类钞》中曾记有"羊羹"一味："羊羹者，切熟羊肉成小块，如骰子大，鸡汤煨，加笋丁、香蕈丁、山药丁。"以鸡汤煨煮羊肉，实在难以想象，因为据我们一般人的想法，鸡汤的"鲜"与羊肉之"鲜"，多少有点不那么相容。就地域而言，北方的羊肉汤口味大抵浓郁刺激，我曾在北京喝过一家羊肉汤，自称是老北平风味，汤里加了韭花酱、豆腐乳，一股子卤煮的味儿，颇为不惯。山西人称羊肉汤为"羊杂割"，实际上也就是羊杂汤，不重"肉"而重"杂"，是其特征之一，汤中又往往洒有大量的葱花，北方大葱的辛辣之气混合羊杂本身的腥膻之气，形成一种特有的颇具刺激性的香味，这种风味,喜欢的人极喜欢,不喜欢的人,恐怕闻一闻就要紧皱眉头。豫东、鲁西一带的羊肉汤有白汤、红汤之分,红汤系当地传统制法,白汤则是外来饮食冲击下的产物,这一地域的人,口味咸重,所以红汤羊肉在过去一向是主流。所谓"红汤羊肉",实际上就是烹制之时加了一些色泽较重的佐料,汤中的羊肉,亦不同于"白汤羊肉"的片状,而是切成较大的块——大碗喝酒、大块吃肉,原是梁山泊地带的旧习俗。我曾在梁山县城里的一家传统羊汤摊子吃早点,见一磊落大汉,甫落座即高呼要一大碗羊肉汤,多加三两肉,再来二斤葱油烙饼,当地的羊汤馆子都有一条不成文的惯例,肉可多可少,按量付钱,汤则可以无限制地免费续加。这大汉食量着实惊人,三两筷子就将碗里的肉捞得干干净净,然后喝汤吃饼,二斤饼堆在盘子里,满满当当,汤是喝了一碗,再续一碗,前后足足续了有十几次,饼也吃得一点渣都不剩,他才抹抹嘴,鼓腹而去,这是我有生以来所见过的最为酣畅淋漓的一次"吃"。近年来,因白汤羊肉的传入,该地域的传统红汤羊肉已渐形衰落,城市里或者县城里,都已极为少见,恐怕只在乡间还有留存。

南方的羊肉汤,口味多内敛醇和,这方面,最典型的例子自然当属苏州的"藏书羊肉"。"藏书羊肉"历史悠久,早在清朝即已声名远扬。藏书羊肉馆子在苏州、无锡、上海一带遍地皆是,其盛况并不比沙县小吃稍减,只是江南人吃羊肉极重时令,不像北方人羊肉汤是可以一年从头喝到尾的。一般说来,专卖藏书羊肉的小店都在阳历十月下旬开始营业,一直到次年三月下旬歇业，每年的营业时间大致在五到六个月之间。不卖羊肉的时候，铺面也并不关闭，而是改卖其他货品，诸如服装、鞋帽、饰品、布匹之类。藏书羊肉的特殊之处主要在于其烹制的过程而不在佐料，佐料是简单到了极点，除了盐之外其他什么都不放，而烹制过程则据说必须用一种杉木桶，用这种木桶熬煮出来的山羊肉，格外温醇平和，火气全消，但具体用木桶怎么煮羊肉，我不曾亲见，无从知晓。藏书羊肉馆子虽只在十月底到三月底营业，但每日营业时间却是很长。多年前，我在苏州求学的时候，深夜不眠，到凌晨一点仍无睡意，遂与室友出门寻觅饭馆喝酒，只是时值寒冬，各店铺都歇业甚早，我们正冷得浑身打战几欲放弃的时候，忽然看到一家挂着"藏书羊肉"招牌的小店还亮着灯光，顿时大喜过望，急步入内，索羊肉汤锅一盆，另加白菜、粉条、羊血少许，啤酒几瓶，直喝到四点钟，通体俱暖，方才回宿舍昏昏睡去。几乎所有的藏书羊肉店都会有羊肉面出售，所谓羊肉面者，即是用藏书羊肉的肉汤煮面，羊肉多寡则根据食客意思随意增减，谈到苏州面食，饕客多盛称朱鸿兴、陆振兴的苏式面或昆山的奥灶面，陆文夫在他的小说《美食家》里更是大肆渲染过一番，令人读之垂涎。但我在苏州生活了三年，或许是此类面馆已大不如前的缘故，唯一印象深刻的面食，竟是只有这碗羊肉面。《清稗类钞》中曾有关于旧时上海先得楼羊肉面的记载云："上海有先得楼者，售羊肉面，有名于时，盖绵羊之肉也。兼卖羊膏，亦大佳。"这条记载，让人不自禁地想起藏书羊肉面，只是以绵羊肉煮汤下面，甚奇。

若说吃羊肉之多,吃法之简单、粗犷,还是要属西北、内蒙古地区。汪曾祺一生游历甚广,但始终认为最好吃的羊肉是内蒙古的手把羊肉。为什么是内蒙古而不是新疆或哈萨克呢?因为内蒙古草原上盛产一种野葱,羊吃了这种野葱,肉就不膻了,也只有这样的羊,才适宜做"白煮全羊":

> 整只羊放在锅里只煮四十五分钟(为了照顾远来的汉人客人,多煮了十五分钟,他们自己吃,只煮半小时),各人用刀割取自己中意的部位,蘸一点作料(原来只备一碗盐水,近年有了较多的作料)吃。羊肉带生,一刀切下去,会汪出一点血,但是鲜嫩无比。

这样的"白煮全羊",恐怕不是人人都敢吃的。吾乡人嗜食羊肉,其烹制之法,除白煮、大炖、红烧外,主要以烧烤闻名。所谓烧烤,其实不同于寻常意义上的"烤羊肉串"之类,吾乡烧烤,多是悬挂一只剥好的整羊在木架之上,论斤卖,现吃现割,割下称好后切作大块,放在铁支子上烤,另有一碟椒盐、一碟孜然、一碟辣椒面,烤熟的肉用大托盘端上来,蘸佐料吃,再以羊血制羹、羊骨熬汤。饭前有麻辣羊血羹开胃,饭后有羊骨清汤"溜缝儿",夏日傍晚,三五好友在烧烤摊前小聚,随意搭配上几个凉菜,搬一桶扎啤,着实惬意。悬挂整羊于摊前,亦有"示诚"之意,因近年饮食安全问题甚多,在缺乏保障的小摊贩处,要吃到真正的羊肉,恐怕都已不是件容易的事了。

馄饨担

邓云乡记燕京风土,专门写有一文描述旧时北平的"馄饨担",何以曰"馄饨担"而不曰"馄饨店"呢?大抵在旧时北平,馄饨系平民食品,多由挑担子走街串巷的小贩卖,或摆摊贩卖,极少有成规模气候的馄饨店。按照邓云乡的描述,北平"馄饨担"的形制大体是这样的:

> 正如《一岁货声》所说:"前锅灶,后方担。"只是说得过于简单,若仔细说,前面还有一块晾盘,中心圆洞处坐锅,下面是小煤球炉。盘的四面边沿可放碗、酱油壶等。后面方担下层放肉馅大盘,可以随时包馄饨;中间几个小抽屉,放馄饨皮子、羹匙、碗、京冬菜末、虾皮等,下层放一水桶,好随时加汤。卖时边包、边煮、边卖。

与南方的清汤馄饨不同,北平馄饨多用大骨熬煮而成的浓汤或鸡汤,馄饨现包现下,价格极低廉,若稍添点钱,馄饨汤中还可加一枚"卧果儿"（即荷包蛋）。梁实秋回忆儿时旧事，认为这种馄饨挑子上的馄饨，"别有风味"，风味在哪儿呢？大约就在那一锅煮得浑浑的、浓浓的骨头汤。馄饨本身是没什么特别的，皮薄馅少，吃不出什么滋味来，只有下在这一锅汤里，才显出特别来——"这样的馄饨在别处是吃不到的，谁有工夫去熬那么一大锅骨头汤？"

当然，老北平的馄饨也不是全然以"馄饨担"的形式出现，吃馆子是另一种形式。如今盛名远播的"馄饨侯"，在民国其实也不过是一馄饨摊，当时真正予人高端印象的馄饨馆子，当属致美斋。致美斋并不是专卖馄饨的饭馆，但他家所烹制的馄饨，在旧时北平可谓首屈一指，《同治都门纪略》中有赞誉致美斋馄饨的诗云：

包得馄饨味胜常，馅融春韭嚼来香。
汤清润吻休嫌淡，咽来方知滋味长。

梁实秋和邓云乡都曾提及致美斋的馄饨，可见从同治年间直到民国，这家馄饨始终保持着优良的口碑。梁实秋以为致美斋馄饨之所以不同凡响，关键在于汤好，此外，他还特别激赏致美斋的煎馄饨："每个馄饨都包得非常俏式，薄薄的皮子挺拔舒翘，像是天主教修女的白布帽子。入油锅慢火生炸，炸黄之后再上小型蒸屉猛蒸片刻，立即带屉上桌。馄饨皮软而微韧，有异趣。"只不过，吃馄饨若不在摊边担旁囫囵食之，而是在馆阁精舍细品慢嚼，总觉得缺了那么点趣味，所以每个人印象最深刻的馄饨，仍往往是旧时记忆中的寻常滋味。唐鲁孙最难忘的是他读书时期校门外摆摊卖馄饨的"老夫子"，他做的馄饨馅、汤都堪称上佳：馅是纯肉馅儿，但比别家的选料处理都要细腻；别人家的馄饨汤，都是用猪骨、鸡架熬煮而成，他则是用排骨肉、老母鸡，所以显得格外鲜香。当然，馄饨汤也未必一定要用肉汤，唐鲁孙的笔下还曾记有这样一味馄饨：

  有份馄饨挑子，挑主大家都叫他"破皮袄"，日子久了，他姓甚名谁，也就没人知道了。他的馄饨倒没什么特别，汤是滚水一锅，既没猪骨头，更没鸡架子，锅边上摆满了瓶瓶罐罐的作料，他东抓一点西抓一点，馄饨端上来就是一碗清醇沉郁醒酒的好汤……

  一锅滚水加几味作料就能端上一碗如此的好汤来，的确是一手绝活！三五好友在馆子里大鱼大肉、高呼酣饮，待酒足饭饱之后，向门外馄饨挑子上每人要一碗这样的馄饨，热腾腾连汤喝下去，那定是惬意得很了。

  大体说来，南方的馄饨要比北方花样多一些，即以馄饨馅的制法而论，也要复杂得多。我曾在无锡吃过当地的鲜肉馄饨，名曰鲜肉，其实远比北方的纯肉馅馄饨要复杂，馅中加了面粉、香干、鸡蛋、荠菜和榨菜，又加了白糖和黄酒，个头比北方的饺子还要大些，小小一碗，只有四个馄饨，夹起一个，咬一口，说不清是什么滋味，咸香之中透出一股子鲜甜，并不特别合口味。汪曾祺曾写过一篇名字叫《三姊妹出嫁》的小说，其中描写挑担子卖馄饨的秦老吉，有这样一段话：

> 别人卖的馄饨只有一种，葱花水打猪肉馅。他的馄饨除了猪肉馅的，还有鸡肉馅的、螃蟹馅的，最讲究的是荠菜冬笋肉末馅的，——这种肉馅不是用刀刃而是用刀背剁的！作料也特别齐全，除了酱油、醋，还有花椒油、辣椒油、虾皮、紫菜、葱末、蒜泥、韭花、芹菜和本地人一般不吃的芫荽。馄饨分别放在几个抽屉里，作料敞放在外面，任凭顾客各按口味调配。

馄饨馅还分多种，还有"荠菜冬笋肉末馅"，"本地人"还不吃芫荽，这一看就是江南一带的情形。北方人吃馄饨，不可能有"荠菜冬笋肉末馅"，也不可能没有芫荽。汪曾祺的家乡是在扬州高邮，大约此文所写，也以扬州一带饮食风俗为准。袁枚《随园食单》中曾记扬州小馄饨云："小馄饨小如龙眼，用鸡汤下之。"这种"小如龙眼"的小馄饨我在扬州的时候未曾吃过，倒是在镇江某街边小店吃过一碗"鱼馄饨"，初听名字本想应是以鱼肉掺杂荠菜作馅，结果是纯鱼肉，且是选用黑鱼脊背上的肉，入口极筋道，不似一般鱼肉那样稀烂如泥，像这样的馄饨，在北方无论如何是难以吃到的。

郁达夫描写福州饮食，曾专门提到当地的"肉燕"："所谓肉燕者，就是将猪肉打得粉烂，和入面粉，然后再制成皮子，如包馄饨的外皮一样，用来包制菜蔬的东西。听说这物事在福建，也只是福州独有的特产。"我不曾去过福州，"肉燕"自然也不曾吃过，但既是说到"肉燕"的制法是需要"一两位强壮的男子，拿了木锤，只在对着砧上的一大块猪肉，一下一下死劲地敲"，倒让人想起与之类似的福建沙县馄饨馅的制法。现在的沙县小吃可谓盛况空前，遍地开花，即便是在北方一个寻常的小县城里面，要找到两三家沙县小吃，也绝不是件困难的事情，只是店铺开得多了，质量不免参差不齐。我所吃过的较地道的一家沙县小吃，是在山东烟台南大街附近的某处，那是十余年前的事了，当时的沙县小吃还不像现在这样红火，整个烟台市也不过三五家的样子，这家馄饨皮薄馅大，汤清味鲜，佐以店内自制的腌雪菜和卤牛肉，让人吃得心满意足，惜乎现在再要找这样的一家地道的沙县小吃，已是颇为不易了。

馄饨在四川名为"抄手"，在广东名为"云吞"。李劼人小说中屡屡提及"抄手担子"，可见在四川，馄饨也常常是挑担叫卖的。现在川菜馆子、粤菜馆子开得到处都是，要吃一碗四川的"红油抄手"或广东的"鲜虾云吞"，在稍微大一点的城市，都不会是困难的事情，只是口味如何，那就不好说了。我曾在北京、上海、苏州、郑州、太原等多个城市的粤菜馆子里吃过"鲜虾云吞"，只有南京秦淮区的一家馆子里做得堪称上佳。赵珩难忘的是浙江的周生记馄饨："现在周生记馄饨有七八种不同的馅，但只有最传统的鲜肉馄饨最好吃，皮薄馅大，晶莹透亮，滑润鲜香。肉馅内汁水浓郁，又无肉的腥气，怪不得有'水晶元宝'之称。"多年前我也曾在杭州、绍兴、宁波一带流连，但却没有吃过这家周生记馄饨，按其描述来看，大约与上海的大馄饨相仿佛吧。

言及南北馄饨之不同，我想，最根本的一点差异，不在种类的多寡，馅料的繁简，制作的精粗，而是在于，北方人吃馄饨，吃的是个"味儿"，是个点缀，并不指望拿它果腹充饥，一碗馄饨，无非是一碗高汤加点虾皮紫菜，几片面皮略裹点肉馅，内容不多，要的就是那点子味道；南方人吃馄饨，俨然如同北方人吃所谓"浑汤饺子"，个大馅足不说，花样更是繁复无比。吾乡旧时馄饨摊上所卖馄饨，与老北平馄饨担上的馄饨差异不大，其薄如纸的三角面皮子上用筷子蜻蜓点水般抹上一丁点肉馅，下锅即熟。一碗馄饨，一碟炸鸡架，两个烧饼，是平头百姓最普通的晚餐，只是在这样的一顿晚餐里面，馄饨的作用，大抵相当于汤，而不是饭，明白这一点，就不会苛责北方馄饨的馅少、内容单一了。

油条风味

梁实秋说烧饼油条是我们中国人的标准早餐之一，此言不虚，北方人大概没有不曾吃过油条的，早晨起来，寻一街边摊，要两根油条，外加一碗热腾腾的豆腐脑，三口两口下肚，一时饱足，的确是件很惬意的事情。近来国人于饮食健康方面日益讲究，吃油条的人渐渐少了，又生活趋于西化，早餐径以面包牛奶果腹，虽说合乎养生之道，毕竟少了几分旧时的趣味，可在民国文人的笔下，即便是烧饼油条这样的寻常吃食，也是颇饶情致的。

刘廷玑《在园杂志》卷一有"油炸鬼"一则，写他在浙东为官十六年，未尝一见油条风味，后来奉命引见，过黄河途经王家营，看到一草棚下挂着油条数枚，不觉狂喜，不及下马便取了一枚大嚼，同行者皆窃笑。刘氏幼年曾随其父在河北居住，遂以为油条是河北风味，南方无之，其实不然，南方也有油条，只不过名为麻花。周作人曾写有《谈油炸鬼》一文，记浙东旧时的麻花摊甚详：

乡间制麻花不曰店而曰摊，盖大抵简陋，只两高凳架木板，于其上和面搓条，傍一炉可烙烧饼，一油锅炸麻花，徒弟用长竹筷翻弄，择其熟者夹置铁丝笼中，有客来买时便用竹丝穿了打结递给他。

可见南方的麻花摊即是北方的油条摊，唯一的不同仅仅是南方人会用竹丝穿了油条打结以便吃客携带。吃油条必有他物佐餐，据周作人回忆，旧时浙东麻花摊多兼卖白粥，这种粥，米粒不多，但汤汁浓厚，或许是加了面粉的缘故。比白粥奢侈一些的是羊肉粥，是用蒸熟的羊肉，放在热粥的底下，上面略撒一些盐花，别有风味。前几年我去绍兴，每天清晨起来出门，遍地找寻这种羊肉粥，却一无所获，油条摊倒见了几个，只不过佐餐的不是白粥而是豆浆，这就与北方没有什么分别了。

当然，真正爱吃油条、懂得吃油条、离不开油条的，还是北方人，这一点，你只看梁实秋对烧饼油条的念念不忘便可以感知。梁实秋自幼生长在北平，小时候日日早餐都是烧饼油条豆汁儿之类，养就了北平人特有的饮食习惯，后来到了台湾，虽然也有油条可吃，却觉得满不是那个味儿。老北平人吃油条，讲究焦、脆，嚼到嘴里咔吱作响，齿颊生香，若油条炸不到火候，往往既不焦也不脆，若是回锅油条和老油条，则"焦硬有余，酥脆不足"。后来他遇到了齐如山先生，提及台湾油条的不足，齐先生深有同感，自言因嫌此地油条不够酥脆，有一次去买油条特意要加倍给钱请炸油条的人仿照北平口味给他炸焦，结果那人仿佛前晚睡眠不足，张口就拒绝了："你有钱，我不伺候！"可见即便是有钱，在吃上也不可能随心所欲。近年台湾的"永和豆浆"在内陆大兴，连锁店开遍各地，其所炸油条形制巨大，蓬松酥软，色泽金黄，吃客很是不少，但此间风味，更与北平旧时油条摊上的出品迥异了。

台湾油条虽风味有殊，但毕竟还有油条可吃，若是身在海外之人，思念烧饼油条豆汁儿大腌萝卜不能自已，那也只有暗吞馋涎的份，似此类吃食，皆不宜自制，若勉强做出来，恐怕也不是那个味儿。邓云乡写他在电视上看到美国洛杉矶大街上有叫卖油条之人，于是感叹"有乡人处皆有大饼油条"，但一则这是较晚近的情形，这几年旅居海外的华人渐多，油条的普及率随之得到提高，也是很自然的事情；再则实际情况也许并非如此乐观，以洛杉矶华人之密集程度，其他地方未必皆能有此方便。梁实秋曾写一位华裔美籍的学者，长年居住在美国，每次到台湾都要带一二百副烧饼油条回美国去存在冰箱里，然后每日早餐取出一副在烤箱或电锅里用烤制面包的方法加热，嚼上一口，便觉美不可言。这一趣事真正让我明白了"家乡味"的诱惑可以有多大，只是不免心存两点疑惑：一是，这么多烧饼油条，他是如何带上飞机的；二是，这种长期冻在冰箱里，随时拿出加热的油条，口感如何。

老北平人吃油条必配以烧饼，仿佛非如此不能尽兴，为什么定要这样搭配？虽然梁实秋罗列了旧时北平的螺蛳转儿、芝麻酱烧饼、马蹄儿、驴蹄儿等种种烧饼，可对于烧饼中何以要夹"油鬼"，到底没能说出个所以然来，只含糊地说掰开螺蛳转儿夹进麻花儿（油条之一种），"用手一按，咔吱一声麻花儿碎了，这一声响就很有意思"。但无数吃客选择如此搭配，毕竟不会仅仅是为了听一听压碎麻花的咔吱声。倒是身为上海人的张爱玲品得细致，她说："大饼油条同吃，由于甜咸与质地厚韧脆薄的对照，与光吃烧饼味道大不相同，这是中国人自己发明的。有人把油条塞在烧饼里吃，但是油条压扁了就又稍差，因为它里面的空气也是不可少的成分之一。"吃油条而能注意到里面空气成分的不可少，大概也只有张爱玲能写出这等文字了。我家乡过去的早点摊，虽然兼卖烧饼油条，但例无以烧饼夹油条的吃法，倒是有一种"炸蛤蟆"，是以两段面片并拢，拉伸其四角如蛤蟆状，入锅油炸，炸至"肚腹隆起"后，撕开一小口灌入鸡蛋再次入锅，直至里面鸡蛋熟透便取出用烧饼夹住大嚼。这种"炸蛤蟆"，也就是老北平人所谓的"炸布袋"，只不过他们惯将鸡蛋搅碎打匀再放入"布袋"，我家乡人则是囫囵食之。

油条是平民食品，正如梁实秋所说，只能在"行人道边乌烟瘴气的环境里苟延残喘"，但若稍做加工，也未必就上不得酒席。北方人喝酒，常有"油条黄瓜"一菜，是用回锅老油条切成段和黄瓜一同拌食，这道菜不足为奇。汪曾祺颇得意于其自创的"塞肉回锅油条"，是将油条切段，内层掏空，塞入肉茸、葱花、榨菜末，回锅油炸，风味可比春卷，这仍是寻常做法，其味道、口感想来与鲁西一带的炸藕荚、炸茄盒区别不大，也不足为奇。可梁实秋笔下正阳楼的"佘大甲"，却着实非同小可：

在正阳楼吃蟹，每客一尖一团足矣，然后补上一碟烤羊肉夹烧饼而食之。酒足饭饱，别忘了要一碗氽大甲，这碗汤妙趣无穷，高汤一碗煮沸，投下剥好了的蟹螯七八块，立即起锅注在碗内，撒上芫荽末、胡椒粉，和切碎了的回锅老油条。除了这一味氽大甲，没有任何别的羹汤可以压得住这一餐饭的阵脚！

如此吃法，的确令人神往，只是吃蟹而以油条蟹螯汤压阵，恐怕是北方人口味，南方人则多半不解此趣。苏州人向来以擅吃蟹著称，但即便是在阳澄湖畔花样最多的馆子里，也难有如此酣畅淋漓的吃法，无非是吃得更精细一些罢了。可惜的是现在的正阳楼久已不复往日模样，梁实秋念念不忘的这碗"氽大甲"，大概终于成为绝响了。

《醒世姻缘传》中的齐鲁风味

《醒世姻缘传》是明清之际重要的"世情小说"之一，小说作者西周生是山东人，应当已成定论，但其具体地域则不可考。小说中所提及的吃食，按出现密度分析，最常见的是以下几种：腊肉、藕、螃蟹、香椿芽、笋、豆腐、鲞鱼，由这几样吃食来看，其山东气味并不十分浓郁，腊肉、藕、笋、鲞鱼以及干豆角等物的出现，更是颇让人联想到浙东。故此或可推断，西周生至少应在京杭大运河沿岸地带长期生活过——就山东一省而论，也只有运河沿岸的饮食能有如此南北交融的风格。又如小说第五十回写孙兰姬与狄希陈相会："将出高邮鸭蛋、金华火腿、湖广糟鱼、宁波淡菜、天津螃蟹、福建龙虱、杭州醉虾、陕西琐琐葡萄、青州蜜饯棠球、天目山笋鲞、登州淡虾米、大同酥花、杭州咸木樨、云南马金囊、北京琥珀糖，摆了一个十五格精致攒盒。"孙兰姬只是济南府的一个寻常妓女，便能拿出如此品类繁多的小吃，这当然也是受惠于大运河。鲁菜按地域可分为鲁东、鲁中、鲁西三类，鲁西菜又名运河菜，由饮食风格来看，《醒世姻缘传》主要体现的是鲁西南的特色，下面试举几例略述之。

腊　肉

《醒世姻缘传》第二十四回描写秋季"满收"之后乡间的富庶景象云："家家都有腊肉、腌鸡、咸鱼、腌鸭蛋、螃蟹、虾米；那栗子、核桃、枣儿、柿饼、桃干、软枣之类，这都是各人山峪里生的。"可见腊肉是当地寻常吃食，随处可得。又如第二十五回，写薛教授要备饭与狄员外闲坐聊天，薛奶奶道："酱斗内有煮熟的腊肉腌鸡，济南带来的肉胙，还有甜虾米、豆豉、莴笋，再着人去买几件鲜嘎饭来。"腊肉既是酱斗中现成煮熟的，可想而知是常备之物，所谓"鲜嘎饭"者，非特指，《金瓶梅》中亦多有此语，如第三十四回云："第二道，又是四碗嘎饭：一瓯儿滤蒸的烧鸭，一瓯儿水晶膀蹄，一瓯儿白炸猪肉，一瓯儿炮炒的腰子。"在山东方言里，此处的"嘎饭"略近于今人所谓"硬菜"，有趣的是，在宁波、余姚方言中，也有"嘎饭"之说，其意思与山东的"嘎饭"十分相近。又如第四十回："狄周媳妇拿了四碟小菜、一碗腊肉、一碗煎鱼子煤的油饼、白大米连汤饭，两双乌木箸，摆在桌上。"似此种种，还有很多，不必一一列举。腊肉在湘菜中最常见，浙东亦多腌鱼腊肉之属，山东人却似不重此味，我在济南、青岛、烟台、聊城、济宁等地的馆子里，均未见有几样以腊肉为主要食材的菜品，倒是鲁西南乡间飨客，每有炒蒜薹腊肉一味，到春节前后，讲究几盘几碗（具体"几"是什么数字，各地不一），所谓"几碗"，除炸丸子、炸鱼块、炸鸡块、煎豆腐外，也往往会有一碗"蒸腊肉"。

螃 蟹

古来文人多以持螯把酒为风雅事,但《醒世姻缘传》中吃蟹场面虽多,却与"风雅"二字不沾边。第五十八回狄员外对相于廷道:"今日咱家烧新烧酒哩,我今又买了几个螃蟹,又买了两个新到的活洛鱼,咱再叫他拍椿芽,畦里寻蒜薹去。"这几个螃蟹如何烹制呢?后面又写道:"将次近午,调羹的鱼也做完,螃蟹都剁成了块,使油酱豆粉拿了等吃时现炒;又剁下馅子等着烙盒子饼,煮了绿豆撩水饭。"倘若是江南一带的风雅之士,提及炒螃蟹自是不屑一顾,更不必说还要另加油酱豆粉。但炒螃蟹在沿海地区并不少见,即今福建、广东沿海及海南的馆子里,就多有葱姜炒蟹块一类菜肴,至于近年风行各地的香辣蟹,那更不用说。《醒世姻缘传》中隐约说到炒螃蟹之法是由"京里"传来,如狄员外说:"这炒螃蟹只是他京里人炒的得法,咱这里人说他京里还把螃蟹外头的那壳儿都剥去了,全全的一个囫囵螃蟹肉,连小腿儿都有,做汤吃,一碗两个。"明末清初之际北京的馆子里是否流行炒螃蟹,根据现有资料难以推断,若说能将螃蟹剥得"全全的一个囫囵螃蟹肉",这就不免过于夸张,或许是小说家的夸饰之言亦未可知。

以鲁菜而论,真正以擅长烹制海鲜闻名的福山菜,反而不重食蟹,其名菜多为烧海参、鲍鱼、对虾之类。旧时烟台渔民捕鱼,收网之际每每捎带上来大量螃蟹,这些螃蟹,既不能供贩卖之用,自己吃又嫌麻烦(胶东人吃蟹往往缺乏耐心),于是就用锤子或石头砸碎,扔回海里——为什么要砸碎呢?因为螃蟹的繁殖力甚强,这样做可以尽量减少海中螃蟹的数量。《醒世姻缘传》中人物所吃的螃蟹并非海蟹,而是湖蟹,小说第二十八回有云:"这湖中的鱼蟹菱芡,任人取之不竭,用之无禁。"捕湖蟹而炒食之,这在今微山湖一带较为多见,济南的一些鲁菜馆子里虽也有炒螃蟹,却多为海蟹,因为在一般人的观念中,湖蟹远较海蟹珍贵和美味,此种上等食材,唯以蒸煮之法烹制,方能保留其本味(袁枚更认为蒸蟹失之太淡,不如以淡盐水煮蟹),倘若像猪肉一般加了葱姜辣椒等作料下锅热炒,那简直就是暴殄天物了。

鲞 鱼

在《醒世姻缘传》中,鲞鱼常常作为熟人亲戚间走访所携的礼品出现,如第五回写道:"即日晚上,胡旦叫人挑了带来的一篓素火腿,一篓花笋干,一篓虎丘茶,一篓白鲞,走到外公宅上。"又第十九回云:"小鸦儿买了四个鲞鱼、两大枝藕、一瓶烧酒,起了个黎明,去与他姐姐做生日。"鲞鱼的吃法,大约以腌制为主,小说第五十一回写刘恭夫妇晚间对饮道:"临晚,又是两碟小菜,或是肉鲜,或是鲞鱼,或是咸鸭蛋,一壶烧酒,二人对饮,日以为常。"此处所说的鲞鱼,应当即是腌鲞鱼。吃鲞鱼的风习在浙东远比在山东盛行,范寅《越谚》中有云:"为过年下饭,通贫富有之,男女雇工贺年,必曰吃鲞冻肉饭去。"所谓鲞冻肉,按周作人说法,即白鲞切块,与猪肉同煮,煮熟后不即食,待冻起来再吃,这原是浙东一带平民冬季常吃的下饭菜,与风鸡、腊鹅等同例。山东沿海虽也出产鲞鱼，但无论是济南菜、胶东菜或孔府菜中，似均乏以此为食材的名菜。寿光、平度等地旧俗，除夕中午祭祖，必以煎鲞鱼一味入供，且须在煎好的鲞鱼上插鲜菠菜，然而此等菜品，亦仅供祭祖之用，当地人平时所吃的，仍以鲅鱼、带鱼、黄花鱼等居多。

活洛鱼

前文提到了活洛鱼，又《醒世姻缘传》第五十八回也有描写云："都说是几年的新活洛，通不似往年的肉松，甜淡好吃，新到的就苦咸，肉就实拍拍的，通不像似新鱼。"此鱼应当即是滕州人常吃的"硌鱼"，济宁有些地方叫"嘎鱼"，学名为黄颡，在江苏则多称昂刺鱼。汪曾祺曾有篇文章写到昂刺鱼，其中说："昂刺鱼通常也是汆汤。虎头鲨是醋汤，昂刺鱼不加醋，汤白如牛乳，是所谓'奶汤'。昂刺鱼也极细嫩，鳃边的两块蒜瓣肉有大拇指大，堪称至味。"南京、扬州一带人喜欢"昂刺鱼豆腐汤"，汤确实是"奶汤"，上面飘着碧绿的香葱末，豆腐如白玉，每碗汤盛出来，碗中恰好卧着一条小小的鱼，观感与口感俱佳。微山湖一带人也吃"硌鱼汤"，但做法不似南京人那般精细，更有以"地锅鱼"之法烹制者，一只硕大黢黑的平底锅上横卧着十几条炖成褐色的小鱼，汤亦作褐色，平底锅边沿上还可能会贴上一圈饼子——徐州好像也有类似的吃法。山东北部并不怎么吃昂刺鱼，东平湖周边饭馆一向以"全鱼宴"为幌子招徕游客，但其中也甚少有擅烹昂刺鱼者，胶东一带所食多为海鱼，昂刺鱼更是少见，由此观之，西周生或许当真是兖州人亦未可知。

合 子

山东、河北、河南均有"合子"，亦称"盒子"，其意思相当于馅饼，只是各地"合子"所用馅料有些区别，大小也不同。《醒世姻缘传》第七十七回写道："调羹合小珍珠在厨房里边柴锅上烙青韭羊肉合子，弄得家前院后喷鼻的馨香。"第七十八回又有云："每遭拿着老米饭，豆腐汤，死气百辣的揣人，锅里烙着韭黄羊肉合子，喷鼻子香，馋的人口水往下直淌，他没割舍的给我一个儿尝尝！"韭菜味道浓浊，羊肉做馅，如加了羊油的话，更是十分膻腥，因此，烙韭菜羊肉合子，虽未必"喷鼻的馨香"，"家前院后"却定然满是气味。无论山东、河南，还是河北，素馅合子多用韭菜，此外或加海米，或加鸡蛋，彼此不一，但吃韭菜合子的风气，大概还是以山东为最盛。梁实秋说过，旧时北平制卖韭菜合子的，都是"山东老乡"。河北廊坊有所谓"牛眼合子"者，指的是合子的大小与牛眼仿佛——这当然算是小的，数年前我与一个朋友开车由北京至天津，路过廊坊某地，在一家牛眼合子店吃饭，要了一份端上来，只见不大的圆盘子上满当当分三排摆着九个小合子，夹起一个，咬一口，油汤满溢，馅是猪肉大葱的。河北的盒子多用猪肉做馅，豫北则多牛肉，愈近山东，口味愈趋咸重，鲁豫交界处阳谷、梁山、台前诸县，早餐喜欢以烧饼夹肉合子搭配胡辣汤，为何要加上烧饼呢？大概就是因为油煎的肉合子本身过于油腻，其馅料更是掺入了大量的花椒面，加上烧饼一则可以顶饥，二则亦可冲淡一下过重的口味——早餐终究是吃得清淡一些好。山东莘县的朝城肉饼，可算作是"合子"的一种变体，莘县人吃"朝城肉饼"多搭配豆腐汤，也与《醒世姻缘传》中的"韭黄羊肉合子"搭配豆腐汤颇为相近。

唐鲁孙认为合子与馅饼有异，一则合子只宜干烙，馅饼却需抹油；二则，合子应是菜合子，顶好是白菜、嫩菠菜各半，另加青韭、鸡蛋、海米等，用作料拌匀，若用猪肉、牛羊肉及大葱等，就不免粗糙了。唐先生出身世家，久居京师，在饮食之道上辨析极精，在他看来，合子既不应是牛羊肉馅饼，也不应是普通的"韭菜篓"，而应是一种"家庭面食细腻做法的吃食"，故无法大量供应。若这样说的话，则山东的"肉合子"近于肉馅饼，"水煎包"则近于韭菜篓，只有"菜煎饼"一味，或许才与严格意义上的"合子"略微近似吧。

吃狗肉

《醒世姻缘传》第二十八回描写一无赖道士云："每日家大盘撕了狗肉，提了烧酒，拾了胡饼，吃得酒醉饭饱。"又第九十三回写一道士云："每日要把肥狗一只，烧酒五斤，大蒜一瓣，狗血取来绕坛洒泼，狗肉蘸了浓浓蒜汁，配了烧酒，攒在肚中，吃的酒醉，故妆作法，披了头，赤了脚，撒上一阵酒风。"何以凡无赖道士一定嗜食狗肉？大约是因为道教有"四禁食"之说，即禁吃牛肉、乌鱼、狗肉、鸿雁。再则民间多有道士吃了狗肉法术便会失灵的传言，因此，"狗肉道士"多半便成了招摇撞骗之徒。

山东历来有吃狗肉的风气，因嫌"狗"字不中听，又因炖出来的狗肉香气逼人，乃称其为"香肉"，这一点与广东颇为相近。屈大均《广东新语》曾记录岭南谚语云："冬至鱼生，夏至狗肉。"这指的是岭南人每逢冬至要吃鱼生，夏至则要吃狗肉，从吃狗肉的时节上看，恰与山东人相反——狗肉性热，山东人是只在秋冬季节才会吃狗肉的。鲁西一带人吃狗肉讲究以大盆炖食，寻常饭馆里难以吃到此味，只有去专门的狗肉馆子。狗肉馆子大抵只在十一月至三月间营业，其余时间则改为卖烟酒的杂货铺子，这有点类似苏州的羊肉馆子。馆子里的热菜、荤菜仅炖狗肉一味，主食则是烧饼，此外只有花生米、拌黄瓜等小菜，蒜泥或蒜汁却是没有，因为狗肉与大蒜同吃反而难以消化，于肠胃不好。吃狗肉宜三五人小聚，围着小桌团团一坐，中间是一盆热气腾腾的炖肉，旁边摆着烧饼小菜和白酒，再多，一则小馆子放不下那么多人，二则"狗肉上不了大席"，人一多，总不免有点"大席"的意思。"雪天吃狗肉"在鲁西一带人看来是种特殊的乐趣，但近年养狗、爱狗之人渐多，吃狗肉的也就渐渐少了。

糟　鱼

《醒世姻缘传》第五十四回写尤聪娶的媳妇道："整腿的腊肉、整坛的糟鱼、整几十个的腌蛋、整斤的虾米，他偷盗如探囊取寄。"又第六十八回云："狄员外叫人收拾行李，稍的米面、腊肉、糟鱼、酱瓜、豆豉之类，预先料理。"可见糟鱼是当地常备的食物，与腌菜、腊肉等差不多。糟鱼不独为山东所有，湖广、浙江亦多此味。震钧《天咫偶闻》记清末北京酒肆云:"京师酒肆有三种,酒品亦最繁。一种为南酒店,所售者女贞、花雕、绍兴及竹叶青,肴核则火腿、糟鱼、蟹、松花蛋、蜜糕之属。"此处所谓"南酒店"者,应当即是浙江人所开设,可见浙江也多以糟鱼为下酒菜,而在通常意义上,"酒店"与"饭馆"的区别在于,酒店除主食之外,多提供现成的下酒菜,而饭馆则以炒、炖、蒸、煮、煎、炸等即吃即烹的菜肴为主。浙江自不必说,山东至今也有此类酒店的存在,鲁西一带酒店,所备下酒菜多为糟鱼、烧鸡、剔骨肉、卤猪耳、花生米、拌黄瓜、豆腐皮等,常去光顾的酒客大都只点现成菜,糟鱼和花生米几乎必点,即便另行炒菜,也只烧豆腐、炒豆芽等简单的几种。

南北糟鱼所用食材不尽相同,南方多用青鱼,北方则多用鲫鱼、鲢鱼,亦有用鲤鱼者。《清稗类钞》记糟鱼之法云:"糟鱼时,将鲤鱼、青鱼去鳞及杂碎,用炒盐、花椒擦遍,置缸中,数日一翻,月余起卤晒干。至正月,截成块,先以烧酒涂之,再将甜糟略和以盐,糟与鱼相间,盛于瓮,封固。夏日蒸食之,味极甜美。"这似是南方糟鱼的方法,山东人多不喜甜口,糟鱼时并不用甜糟,却放大量的姜、蒜、八角、茴香、干辣椒等物。菏泽、济宁糟鱼喜用鲢鱼,并非因鲢鱼味道,却是因鲢鱼多刺——无论什么鱼,经糟鱼之法处理过后,都变得骨刺酥烂,如此一来,即便是多刺的鲢鱼,也不足以对食客构成困扰了。在旧时山东乡间,半瓶二锅头,一碟花生米,一条糟鱼,可以算得上是穷措大的盛馔了。只是,糟鱼也只宜用鲢鱼、鲫鱼、鲤鱼、青鱼等廉价鱼类，若用鳜鱼、鲟鱼、鮰鱼等，就不免破坏了其本味的鲜美，得不偿失。

面　条

面条，无地无之。我先前在苏州读书求学之时，多闻北人南来者嘲笑南方人不通面食之道，其实这是不经之谈，若说江南人不懂吃面，则将置陆文夫的《美食家》于何地？近年连锁餐厅大兴，各种品牌性的面食亦应运而生，牛肉面、川味面、日式面、韩式面，应有尽有，睹此情形，却让人情不自禁地想起"品牌"和"连锁"尚未出现之时，在传统经营模式下，中国面食的纷繁多彩。梁实秋曾盛称长沙天心阁的"鸡火面"："那碗汤清可鉴底，表面上没有油星，一抹面条排列整齐，像是美人头上才梳拢好的发蓬，一根不扰。大大的几片火腿鸡脯摆在上面。看这模样就觉得可人，味还差得了？"几年前我去长沙，到处找这种"鸡火面"，想要一饱口福，却是遍寻而不得，最后只能在一家连锁的牛肉面馆胡乱填饱肚子了事。

炸酱面

老北平人最爱吃炸酱面。老舍最中意的一日三餐是：早餐豆浆油条，午餐炸酱面，晚餐烧饼夹酱肘子就小米粥，可见炸酱面必不可少。梁实秋说他是从小吃炸酱面长大的，炸酱面所用的面条一定要自己现抻，若用外面卖的切面或机制面，则风味大变，且四样面码——掐菜、萝卜缨、黄瓜丝、芹菜末——一样也少不得！梁家原有专门抻面的厨子，手艺极精，后来梁辗转他处工作，遂无此方便，只好自己学着抻，抻一小把，也足够三四个人食用，只是到了晚年，梁实秋的糖尿病愈益严重，每次吃炸酱面，炸酱既不敢多放，面也只能少吃，一碗炸酱面之中，倒有半碗是黄瓜丝。若说北方人吃面只讲究吃抻面，此言不确，吾乡地处鲁西豫北，也算是地地道道的北方，却向无吃抻面的讲究，寻常人家家中所备，往往是最普通的手擀面——所谓手擀面，即是将面反复碾压成皮，再切作宽一厘米许的窄而薄的面条，用葱花白菜叶炝锅，加水煮面，临出锅撒一把虾皮，浇几滴小磨香油，就是最寻常的吃法。

民国文人之中，烹制炸酱面的高手，自是非王世襄莫属。传说王世襄最擅长的一道菜是"焖葱"，除此之外，丸子粉丝熬白菜和炸酱面也是他的长项。烹制炸酱面的关键，既不在面，也不在面码，而是在于炸酱——面就是普通的抻面即可，面码有现成的掐菜、萝卜缨、黄瓜丝、芹菜末就够。后来王世襄的儿子王敦煌回忆其父亲制作炸酱的方法云："父亲做炸酱全用甜面酱，加盐一点点，还要加大量的糖。用的肉是肥瘦肉末儿，也配葱末儿、姜末儿，炸的时候，如太干就稍加点水，也是小碗干炸。"炸酱的制法非止一种，其区别，一是在酱的不同，甜面酱、黄酱，甚至稍加郫县豆瓣酱也均无不可；二是在料的不同，或用肥瘦肉末儿，或用纯瘦肉丁，或加口蘑，或加豇豆，也都各有其妙处。唐鲁孙曾自己研究出两种新法的炸酱，一是不用肉丁或肉末，而是用虾米和鸡蛋，虾米是鲁东沿海一带所产的人称"小金钩"的小虾米，吃前需用滚水浸泡方能回鲜，"鸡蛋另行炒好打散，葱姜煸锅将酱炸透，然后把鸡蛋虾米一块儿下锅炒好，拿来拌面"；二是卤虾炸酱，乃是用关东卤虾制酱，因为海鲜类食品总归是寒带胜于温带、温带胜于热带，中国出产的卤虾，自是越往北越好，用关东卤虾做出来的炸酱，堪称上品，以之拌面，味道鲜醇而隽永。

炸酱面其实并非北京所特有，只不过京式的炸酱面更为考究、更具特色，我曾在河北保定一带吃过那里乡间的炸酱面，酱是黄酱，另加肥瘦肉丁、葱姜蒜末，没有面码，味厚而重，如是口味清淡、不嗜葱蒜之人，恐怕未必能习于此。大体说来，京津冀一带人的面食，拌面重于汤面，《清稗类钞》记载过去兰州人穷苦，"贫者仅以面条置水中炊熟之，临食加盐少许，佐以辛辣品而已。"而保定乡间的汤面，也与此相距不远，清水煮面，另备盐水、芫荽、葱丝、香醋各一碗，食者自行酌量添加，稍奢侈者，也不过多出一碟切作丝状的摊鸡蛋饼而已。豫北一带常有"病号饭"的说法，所谓"病号饭"者，实际上就是清水煮挂面，出锅前浇上几匙以醋、麻油、姜蒜末、香菜末、盐等勾兑好的调料，冀南地区也有以酸汤面叶为"病号饭"者，大抵皆是取其口味清淡，能适于脾胃虚弱之人。

阳春面与白汤面

同样口味清淡的，还有江南一带的阳春面。在扬州、镇江，阳春面既是最常见的面食，也是最平民的面食。在旧上海，叶灵凤虽身负"洋场恶少"的骂名，但却是一个地地道道的书蠹，为买书而节衣缩食，他惯常的饮食，便是在街边小店里吃一碗阳春面，有时经济窘迫，便连这样的一碗面都要赊欠。扬州的某些面馆现在还有八块钱一份的早餐，这八块钱里面，就包含了一碗阳春面、一杯茶、一碟醋泡姜丝、一碟水果，如果再加八块钱的话，还可以有小小的一碟肴肉，品类不多，量亦不大，但可以让人吃得十分舒适满足。从烹制方法上讲，阳春面与北方的葱花面、清汤面并不相同，北方的葱花面是以葱花炝锅下面，阳春面则重在葱油的熬制，红汤之上飘着一层薄薄的葱油，面条吃进嘴里，口感更为腴润。"白汤面"则是另一种事物，顾名思义，是以汤色命名，与红汤有所区分。唐鲁孙把白汤面当成面食的一大种类，即是把所有以汤取胜且汤色乳白的面食都算作白汤面，这是一种说法。按照此种说法，则白汤面的"吊汤"之法可以有多种，其中最正宗的一种，是用鸡架、鸭架、鲫鱼、鳝鱼、猪骨、火腿一并投入大锅内炖煮，炖至骨髓融入汤内，汤色转白乃成。此外，也有用羊肠、虾子或香蕈吊汤的。如今最负盛名的白汤面当属苏州的"枫镇大面"，这种起于枫桥一带的面食几乎成了白汤面的代名词，枫镇大面的烹制方法，是以白烧肉汤下面，另加白切肉、香葱、姜末等，汤清味鲜。唐鲁孙则认为烹制白汤面当以扬州为最佳,而扬州的白汤面又以金魁园所制为最善,"鳟羹鹅脍,豪润芳鲜,腴而不腻",这一点还可在朱自清的文章里找到证据。朱自清一生贪恋淮扬美食,即令辗转他乡,也仍在日记里对扬州的种种美味表示念念不忘,他曾提及扬州的"白汤面",认为这种面的好处在于"汤味醇美",且宜于"大煮",所谓的"大煮",亦即久煮,必如此,面条方才入味。

汤·面·南北面食

对于烹制面条而言,究竟是汤重要还是面重要,是应当久煮令面条入味,还是下锅片刻即出而尽量保留面条的质感,这似乎是永恒的难题。梁实秋曾引他的朋友尹石公的事例为此问题做一解答:

> 我在北碚的时候,有一阵子诗人尹石公做过雅舍的房客,石老是扬州人,也颇喜欢吃面,有一天他对我说:"李笠翁《闲情偶寄》有一段话提到汤面深获我心,他说味在汤里而面索然寡味,应该是汤在面里然后面才有味。我照此原则试验已得初步成功,明日再试敬请品尝。"第二天他果然市得小小蹄髈,细火焖烂,用那半锅稠汤下面,把汤耗干为度,蹄髈的精华乃全在面里。

多年前读梁实秋的《雅舍谈吃》,读到这段文字,颇疑如此烹制方法是出于诗人的想象——蹄髈细火焖烂留下的那半锅稠汤,不比淮扬一带面馆精心熬制的白汤或高汤，本就油腻不堪，不宜煮面，而以此油腻稠汁下面，再以汤耗干为度，虽说"蹄髈的精华乃全在面里"，但这锅面岂不也成了一摊难于入口的油糊糊？可见"汤在面里然后面才有味"的说法，并不可靠，相比之下，倒是袁枚的观点更符合实际："大概作面总以汤多为佳，在碗中望不见面为妙。宁使食毕再加，以便引人入胜。"林语堂说他的女儿曾将《闲情偶寄》与《随园食单》中的许多美食一一试制，得出的结论是袁枚才是真知味者，此言或许不虚，李渔谈吃，多有想当然之处，此亦文人通病，无可如何。

  大体说来，北人食面，其所重者在面；南人食面，其所重者在汤，此一区分，虽非绝对，但基本上可以概括南北面食的最主要差异。而北人之所以嗤笑南人不通面食之道，也无非是因为南方人所吃的面条大都是机器所制，自是不及北方的扯面、拽面、押面、削面、切面、剔尖、擦尖、猫耳朵等花样百出。苏州面食花样繁多，如朱鸿兴的焖肉面、松鹤楼的卤鸭面、黄天源的炒肉面、六宜楼的鳝糊面、美味斋的爆鱼面、胥城的奥灶面等，但从面条本身来看，都是普通的机制面，差别主要在用料上。近年苏州的老式面馆日渐凋零，已远不能和民国时期的盛况相比，用料、汤味皆甚粗劣，要想再像陆文夫小说里所描写的那样去吃一碗考究的"头汤面"，怕是不太可能了，倒是每年入冬之前例行开张的一家家藏书羊肉小店，以乳白温醇的羊肉汤下面，稍切几片白花花的羊肉置于其中，再撒些碧绿鲜嫩的小香葱，颇能惹得人馋涎欲滴。

刀削面

南方的面食，其精细、繁复之处，固然还在北方面食之上，但若说日常饮食以面食为主，还是当属山西、陕西、甘肃三省。一说到山西面食，自然不能不提起刀削面。我两年前初到太原之时，颇以吃刀削面为苦，一则厨师削制的面，大都厚薄长短不均，一锅面煮出来，厚处尚未熟透，薄处已稀软如泥，合格的刀削面要做到"中厚边薄、棱锋分明、形似柳叶"，且入口"外滑内筋、软而不黏"，但求之今日太原，像这样的刀削面几乎难找到两三家，其凋零状况比之苏式汤面不遑多让；二则山西饮食味重而咸，寻常饭馆刀削面所用面卤大都油腻不堪，而面汤又不甚考究，偶尔吃一两次尚可，吃得多了就不免让人心生厌倦，不及家常的清汤挂面来得适口。

刀削面馆子虽然现在开遍各地，但在民国时期，却并非如此，刀削面之传入北平，从时间上讲，当在阎锡山晋军势力扩张之后，此前的北平，例无刀削面这一味面食。过去北平擅长烹制刀削面的馆子主要是灶温，灶温并不专以刀削面闻名，其他面食也极出色，但是他家的过油肉和宽汁加荸荠片拌刀削面曾经名动一时，吸引了许多权贵人物前去品尝。灶温之后，能够做出一碗好刀削面的京师馆子，就只有晋阳饭庄了。据说训诂学家陆宗达酷嗜晋阳饭庄的刀削面，且每次买面皆不加卤而单买两份过油肉，将过油肉浇在面上，乃得真味。

历来文人饕客谈到山西刀削面，所津津乐道的，往往不是面条本身的味道，而是削制的过程，这也是件有意思的事情。林徽因与梁思成到山西考察古建筑的时候，就曾颇为刀削面的削制过程感到惊叹："面摊在露天底下一字排开，约有十数家，清一色的一架炉灶，一口铁锅，面的花样很多，有拉面，有面鱼，每口锅上蒸腾着热气。卖刀削面的摊子前围的人最多，面工是个彪形大汉，他把一块柔韧的面团顶在光头上，两手各持一把快刀，寒光闪闪，在头顶上飞舞，面片像银鱼一般飞到离他丈把远的锅里。"这里的描述或许略带夸张，无论如何，"丈把远"都是不太可能的，但吃刀削面，的确是一定要到街边摊子上吃才有滋味，馆子里做的刀削面，尽自精细，却少了几分感觉。

唐鲁孙出身世家，与山西票号的老板多有往来，其中大德票号的任掌柜，他的柜上所雇的大师傅赵头儿，擅长制作刀削面，曾专门为唐鲁孙做过一次表演，先观看，再品尝：

> 赵师傅把面揉得光而且硬，揪下一块，大约有三斤多重，放在一个小木板上，顶在头上，两手各拿一把长约五寸的解手刀，刀柄弯成铁环，套在大拇指上，左右开弓，轮番削刮，削下的都是三寸左右、薄薄三棱形面条。煮熟拌好作料，吃到嘴里光滑腴润，而且有咬劲。

此处的描写，仍是重在"表演"，而不在味道。我想，美食之道，唯一的标准应当是口味，至于烹制美食的过程有没有可观赏性、是否具备表演价值，无关紧要，甚至食物本身，也不必强求所谓的"色香味俱全",汪曾祺对"工艺菜"的批评和抵触,可谓深得此中三昧。我曾经吃过的唯一一次感觉不错的刀削面,却是在北京北三环附近的一家名不见经传的山西小饭馆里面,面的厚薄适度、形制均匀固然是一个方面,另一方面,这家饭馆的师傅一改寻常刀削面浇卤的方法,变通为以陶罐煮面,煮面所用的汤是高汤,另加金针、木耳等,满满的一罐端上来,清香扑鼻,至于吃的时候是否要像在山西吃面那样浇上一大勺醋和辣子,反倒无所谓了。

伊府面

众所周知,伊府面乃是方便面的前身,其最初的由来,和清代的一个名叫伊秉授的地方官有关。伊秉授的生平情况,此处不赘言,只说伊府面,伊府面的创制意图,与方便面十分接近,也是为了便于保存。伊秉授主政州府,往来应酬极多,有时厨师不及操持,就想出一个办法,以蛋清和面,和好后卷曲成团,油炸,晾干,这样便可以长期保存,随吃随用。虽然是出于方便的考虑,但用这种方法制作出来的面条,别具风味,也就逐渐形成了一种流传各地的美食。

民国时期北平烹制伊府面的馆子,首推中山公园里的春明社。春明社是一个茶社,其茶客多是北平的"皓首耆宿",由于性质是茶座,所以春明社并无菜品出售,一是供应茶汤,主要是龙井、香片、红茶三种,二是卖几样小点心,比如甜咸两种包子、清汤馄饨和煨伊府面。春明社的火腿鸡丝豌豆苗煨伊府面在当时堪称一绝，汤浓面香自是不用说，更绝的是，无论春夏秋冬，都能有新鲜的豌豆苗在里面。其次是广东馆子恩成居，恩成居是梅兰芳常去的饭馆，其中有几样美食为梅所最嗜，鸡蓉玉米、猪油炒芦荟、鸭油炒豌豆苗、蚝油扇贝和三鲜伊府面，恩成居的三鲜伊府面是典型的粤式汤面，加了海参、虾仁、玉兰片等配料，售价不低，而春明社的伊府面则近于淮扬风味。另据赵珩回忆，过去旧东安市场北门的稻香村，专卖半成品的伊府面，"盘成直径一尺的圆形，约有二寸高，外面包上油纸，贴上红底黑字的标签"，这样盘成圆形的半成品伊府面，回家另加佐料煮熟即可，已经很接近我们现在的方便面了。

伊府面宜煮宜炒，但由于其本身即是油炸而成，所以炒食不免过于油腻。唐鲁孙认为炒伊府面是所有炒面中最美味的一种，他极推崇春明社厨师老高做的炒伊府面，"他做的炒伊府面确实跟一般饭馆的迥不相同，不但不油，而且入口即化，对于牙口不好、不宜大油的老年人最为合适"。要能做到炒伊府面而不油，那的确是需要非常的功夫了。

牛肉面

近年来连锁性质的面馆崛起，最常见、最能叫得响的，恐怕就是牛肉面了，诸如兰州牛肉拉面、加州牛肉面、康师傅私房牛肉面等等，都是随处可见，以至给人一种非牛肉则不"面"的感觉。但实际上，在民国时期，牛肉面还是较为小众的一种面食，像北平的炸酱面、山西的刀削面、两广的伊府面、扬州的阳春面、苏州的焖肉面、昆山的奥灶面等等，配料中均无牛肉。牛肉面的真正兴起，不在大陆，而在台湾，关于这个问题，逯耀东考证甚详，根据他的说法，台湾原住民因田野劳作多依赖牛的力气，所以不食其肉，新竹贡丸本是仿效大陆的牛肉丸而制，也出于这个缘故，将原料改成了猪肉。1949年前后，大批大陆人士迁至台湾，客居海岛之上，浓郁的乡情、乡思是难免的，要慰乡情、解相思，恐怕就只有在吃上打主意，台湾本是远离文化中心的一个海岛，饮食简陋，自此之后，竟呈兼收并蓄之势，在饮食文化上大放异彩，而我们现在所谓的"牛肉面"，也就是在这个契机之下应运而生的。

台湾最初的牛肉面主要分川味和清真两种。川味牛肉面亦即我们现在最为常见的红烧牛肉面、香辣牛肉面的前身，但凡以销售牛肉面为主的连锁店，基本上都有这两种面。逯耀东认为台湾的川味牛肉面的兴起，与大量来自成都的空军眷属不无关系，其所用的冈山豆瓣辣酱，也与四川的郫县豆瓣辣酱极为相似，只是当时台湾牛肉来源颇为紧张，牛肉面的价格着实不算便宜，对于还在读书的穷学生而言，能痛快地吃一碗红烧牛肉面，已经是很奢侈的享受了。有一次逯耀东与同学打赌，他的一位同学用英文写出一百个外国影星的名字，于是赢得了四碗红烧牛肉面并一口气吃完了。清真牛肉面则是多由山东人经营，与川味牛肉面的区别主要是在于汤——川味牛肉面的汤是红汤，清真牛肉面的汤则是清汤。逯耀东对当时台北的清真牛肉面摊描述得细致而富于情味：

清真牛肉面摊子上支着一口铝制的大锅，锅上架着个铁箅子，铁箅子上摆着几大块刚出锅的牛肉，现吃现切。清真牛肉都是当天现宰的黄牛肉。锅里的牛肉汤微滚，汤里的黄油向四下扩散。在微滚的汤中浸着已煮熟的牛肉。……清真牛肉面摊前有一条长凳子，顾客坐在凳子上，指着箅子上的牛肉挑肥拣瘦。老板一面切着牛肉，一面和顾客有一句没一句地话着家常。尤其在冬天寒冷的晚上，锅里飘散着一团蒙蒙的雾气和肉味，满座尽是乡音，此情此景，真的是错把他乡当故乡了。

虽然台湾的牛肉面来势汹汹，席卷全国，但大陆最为常见、最为人所知的一种牛肉面，仍然要数兰州牛肉拉面。唐鲁孙吃遍台北美食，与几位老饕公推万岁餐室的牛肉面为台湾第一，却始终认为，即便是万岁餐室的牛肉面，与兰州的马保子牛肉面一比，还是存在相当的差距。1933年的时候，国民政府准备开拓西北，派遣税务署长谢祺到西北区考察财税，唐鲁孙随行前往，于是得以在兰州一尝当地的全羊席和马保子牛肉面。全羊席是由兰州第一烹饪高手胡贯一主厨，包括烩头皮、清蒸羊脑、炖羊眼、煨羊尾、红烧羊蹄等菜，十分丰富。马保子牛肉面则是一家简陋的小店，没有招牌门匾，小小的一座砖砌楼房，只有几张小八仙桌和几条矮凳，桌上摆着碗筷、油瓶、醋罐。马保子家的牛肉面,无论是面、肉还是汤,都极出色。面醒得透,吃起来极有筋道,且他家的抻面分六种:"中常的叫'把儿条',当地人最欢迎,最细的叫'一窝丝',又叫'多搭一扣',是老头儿小孩儿的专用品,薄而扁的叫'韭菜扁儿',比'把儿条'再粗一点儿的叫'帘子棍儿',还有'大宽''中宽',那就近乎面片儿了。"客人到马保子家吃面,按照自己的喜好,选择抻面的种类,现吃现抻。兰州当地所产的牛肉本身就质量上佳,马保子家又特别选用上品的牛腿肉,"肥瘦分开,全都切成骨牌块大小,头一天用小火炖上一整夜,绝不中途加水,更不放芹菜、豆芽、味精之类的小菜和调味品,所以清醲肥羜,自成馨逸,汤沈若金,一清到底。"这样的一碗牛肉面端上来,自是令人馋涎欲滴,可惜我辗转多年,也曾在不同的地方尝试过几十家兰州牛肉拉面,却从未见过如此的好汤、如此的好面。

担担面

在民国时期,担担面的流行大抵限于四川一隅,不像现在这样到处可以找到,此种情形大约直到二十世纪八十年代初期仍保持着。萧军抗战期间曾在成都长期居住,吃当地的担担甜水面吃上了瘾,后来离开了成都还是念念不忘,直到五十余年之后,已近八十高龄的他再次到成都,一下飞机就直奔面馆,连尽三碗担担甜水面,总计足有六七两之多,着实令人惊叹。而现在,且不说北京这样的大城市,即便是在山东、河南的任意一个小城市,要找到一家做得像模像样的担担面,恐怕都不是件困难的事情,爱吃担担面的人要过一过嘴瘾，也不必一定跑到成都去了。

虽然仅仅是流行于四川一隅的面食，但在民国文人的笔下，有关担担面的描述并不少见，李劼人既是一流的小说家，又是一流的美食家，同时还是当时著名川菜馆子"小雅"的创办者和实际主厨者，他对担担面的描述，自然最具权威性，在其小说《死水微澜》中，即有这样的一段话：

> 那甜水面是挑着担担卖的，做面就在担前两尺不到的木板上揉和面团，分张做成工艺程度很细致的甜水面；调料呢，要用正府街一家酱园铺特做的红酱油和熟油辣子，并加上麻酱花椒油伴以蒜泥；秋末冬初季节里，还要把川西特有的豌豆尖烫熟加进去，使人感觉清香诱人。

之所以称之为"甜水面"，不是因为里面放了糖或糖水，而是因为担担面所用的特制的红酱油本身就是带有甜味的，甜中带辣，辣过之后又透出一股甜意，这才是担担面特别能够引起人回味的地方。李劼人的描写不算十分详尽，相比之下，倒是张恨水游成都之时，对此种面食有更为细致的观察。根据他的观察，成都的担担面主要分两种，一种是沿街叫卖的，另一种则是固定的面摊，二者所烹制的担担面不尽相同：

> 沿街叫卖者，担前为炉与铁罐（吊子），担后则一

柜,屉中分储面与抄手(馄饨)。上置瓶碟若干,满盛佐料酱醋。佐料多切成细末之物,外省人乃不能举其名。另以一小箧挂担头,置生菜于其中,每煮面熟,辄以沸水泡生菜一份加面上。所有佐料,胥加一小摄,而椒姜尤为不可少,其味鲜脆适口。

这种沿街叫卖的担担面,一方面是样式单一,另一方面是多与红油抄手放在一起卖,而固定面摊上出售的担担面,则要丰富得多:

又其一,则为摊贩,或有案,或无案,就食者或立或坐,围担而食。面类较多,有炸酱(非如北方之炸酱,乃系以猪肉煮细末为浇头)素条,红油,甜水之分。其味埋伏汤中,乃以猪骨煮成啜之至美。

成都旧时的担担面,向来以白云寺所制为最佳,这一点,李劼人在他的小说《大波》里面也有提及:"那年头,北门白云寺楞伽庵通顺桥一带的担担面,做得最好了,每天定时出现在东西珠市街和五宫一带,把南门上的食客都吸引到北门去了。"而曾让八十岁的萧军连尽三大碗的那种担担面,只不过是最普通的解放牌担担面,与当年白云寺的担担面相比,仍有高下之别。究竟白云寺的担担面好在哪里呢?既不在花样繁多,也不在用料昂贵,而是在于制作的精细与考究。面就是普通的面团擀成张再切条,但极其匀称，入口爽滑；调料也无非是红酱油、熟油辣子、香油、芝麻酱、花椒面这几样，但选料既精，又搭配得宜，其味道自非寻常摊贩上所卖的担担面可比。可惜的是，现在再要吃到这样好的担担面，已是全无可能了。

打卤面

打卤面，到处都有，很难准确地说这是起于何时何地的一种面食，其关键处不在于面，全在于面卤的搭配和制作。王敦煌出身美食世家，据他回忆，按照一个长辈的说法，"打卤面"在旧时北平是一个专用名词，"只有用猪肉白煮出的被称为白汤的肉汤，再加水淀粉勾芡打卤做出的卤面才能称之为打卤面"。为什么会有这个讲究呢？不好解答，但这样做出来的打卤面，在过去的北平是"人生三面"的必须之物，亦即刚出生时的洗三面、生日的寿面和死后的接三面。

关于打卤面的面卤如何制作，采用哪些配料，不同的人有不同的说法，但大体说来，以老北京的打卤面最具代表性。老北京打卤面的肉讲究用五花肉，不能用精瘦肉，另加口蘑、海米、黄花菜、木耳、鸡蛋等配料。梁实秋说打卤面除了必须用口蘑之外，最好以鸭架汤打卤，最后吃的时候浇一勺炸花椒油，喷香！打卤面的面卤有"清卤"和"混卤"之分，根据唐鲁孙的说法，清卤又叫氽儿卤，混卤又叫勾芡卤，而不论清混，凡是面卤，皆讲究好汤，梁实秋所盛称的鸭架汤固然不错，其他如清鸡汤、白肉汤、羊肉汤都很好。清卤面与混卤面的不同，一是在于卤汁的制作过程中是否需要勾芡，二是清卤面需要面码，类似于炸酱面的吃法，面码有黄瓜丝、胡萝卜丝、菠菜、掐菜、毛豆、藕丝等，混卤面则无须面码；三是清卤面的面条可粗可细，混卤面的面条则宜粗不宜细，且面条出锅需过水，因为卤汤过于黏稠，面条太细又不过水的话，容易黏成一团。在旧时北平，正宗的打卤面还是要属混卤面。

鲁西一带乡间，每到炎炎夏日，早晚两餐皆以绿豆稀粥为主，而午饭则必定是过水凉面。凉面也要"打卤"，最常见的面卤无非是西红柿鸡蛋和炒茄条，另有一盘黄瓜丝、一碗蒜汁。我曾有一次在阳谷附近吃饭，当地人皆盛称某处的过水凉面极出色，遂与朋友驱车前往，却发现其所谓的"极出色"，无非是面卤的花样极多，西红柿鸡蛋和炒茄条自然是有的，此外还有酱汁肉末、干豆角丁、炒藕丁、蒜薹肉丝、炖白菜五花肉、蒜汁、姜末等，大大小小十几盆摆在一处，任人添加，由于面卤都是现成的，且放置已久，所以并不十分新鲜，食客则大都秉持"少面多卤"的原则，十几种面卤、佐料混拌其中，五颜六色，诸味杂陈，这样乌糟糟的一碗面端上来，实在让人提不起胃口。大抵面卤种类的搭配，宜少不宜多，以一种为主，稍加其他面码之类作为辅助即可，若不论荤素甜咸一捞食之，那就不免大煞风景了。

江南一带有所谓"过浇面"者，与北方的打卤面是同一类面食，"所谓过浇，就是浇头不浇在面上，而另盛在碗里，作为酒菜。等到酒吃好了，才要面底子来当饭吃"。现在北方馆子里多有售卖"盖浇面"的，实际上和过浇面没有太大区别，唯一的差异仅仅是浇头是否另盛。过浇面的浇头即相当于打卤面的面卤，唯以其浇头既宜下酒又能拌面，所以烹制之法更近于"菜"而不近于"卤"。我曾在镇江的一家面馆里尝过当地的"过浇面"，浇头是清炒虾仁，汤汁里面勾了芡，并不十分出色。丰子恺回忆他一生中难忘的几次吃酒情境，其一是在上海城隍庙的名为春风松月楼的一家素菜馆子里，两个人，两斤黄酒，两碗过浇面——一碗冬菇、一碗十景，冬菇十分肥鲜，十景也极入味，喝罢黄酒，再用那吃剩的残菜倒进面里拌食，既经济又舒适，大约如此做派，才能得吃过浇面的真趣吧。

民国文人豆腐谱

豆腐一物，说来虽觉寒微，但历来为文人所钟爱，故而颇饶雅趣。《清稗类钞》载钱箨石与友人宴集，席上唯酒两尊、白煮豆腐两大盘，然后"分韵赋诗，陶然终日"，此间趣味，自然与草莽好汉的"大碗喝酒，大块吃肉"迥乎不同。豆腐外形方正，色泽洁白，口味淡远，亦每每被视作食物中的君子，乾、嘉年间内阁学士朱珪尝留其门人用膳，肴止四品，一肉、一鱼、一菜、一白煮豆腐，并语门人曰："豆腐清品，绝不可和以油、盐、醯、酱。此至味也，可多食之"。此言既涉豆腐烹制之法，又关乎君子立身之要，实在有一语双关的妙处，但若说豆腐只宜白煮，却未免狭隘寡趣。如果豆腐为淮南王刘安所发明的说法属实的话，那么此物的流传，已有两千余年之久。在这两千多年当中，必定产生过数不胜数的烹制方法，仅以袁枚《随园食单》所记为例，便有蒋侍郎豆腐、杨中丞豆腐、张恺豆腐、庆元豆腐、芙蓉豆腐、王太守八宝豆腐、程立万豆腐、虾油豆腐等十余种，其他未载入典册的，更不遑论。民国以来，文人虽多务为放荡而不屑古人君子立身之说，但对豆腐的喜爱，却延续了下来，其闲来笔墨，多有涉及豆腐品类者，若汇为一编，俨然便是个"民国文人豆腐谱"。

干　丝

所谓干丝，即是将豆腐干切作丝状，或煮或烫，烹制之法各异。扬州人最嗜干丝，曹聚仁叙写"扬州庖厨"，曾言及扬州"烫干丝"之法："烫干丝，是先将一大块方的白豆腐干，飞快地片成薄片，再切成细丝，放在小碗里，用开水一浇，干丝便熟，去了水，抟成圆锥似的，再倒上麻酱油，搁一撮虾米和笋干丝就成。"平常扬州人泡茶馆，一碟干丝，一份肴肉，一笼汤包，不图饱足，稍事点染，便觉得心意舒畅，此种情致，与北平、四川、广东的茶客皆有不同，而"烫干丝"一物，亦遂成淮扬一带茶馆的常备之品。周作人尝云："江南的茶馆中有一种'干丝'用豆腐干切成细丝，加姜丝酱油，重汤炖热，上浇麻油，出以供客，其利益为'堂倌'所独有。"以干丝佐茶，的确比现今茶舍中的瓜子、坚果、点心等物高明得多了。

旧时江南人去茶馆吃烫干丝有讲究。一是盛干丝的碗需特制，通常是白底青花，足高腹深，碗口敞开，这样便于搅拌；二是麻油可反复加，但亦需酌量，正所谓"烫干丝味要清纯，煮干丝则不妨浓厚"，穷苦学生，下馆子只求充肠适肚，口味上不免偏于浓油赤酱，每伺麻油再加之后始行举箸，如此则失去了其间真趣。汪曾祺本系淮扬一带人，他曾在文章中记其父亲泡茶馆的情状："我父亲常带了一包五香花生米，搓去外皮，携青蒜一把，嘱堂倌切寸段，稍烫一烫，与干丝同拌，别有滋味，这大概是他的发明。干丝喷香，茶泡两开正好，吃一箸干丝，喝半杯茶，很美！"青蒜即蒜苗，以青蒜就干丝，实在让人觉得难以理解，其辛辣之气与干丝的清醇风味并不协调。

煮干丝的花样远较烫干丝为多，大抵烫干丝多见于淮扬一带茶馆，而大煮干丝则为淮扬名菜，在各地的淮扬馆子都能吃到。煮干丝的兴起大概也就是民国年间之事，此前则未见有相关记载。《清稗类钞》遍搜清人饮食杂谈，亦仅于"茗饮时食干丝"中有关于"烫干丝"的一点描述："干丝者，缕切豆腐干以为丝，煮之，加虾米于中，调以酱油、麻油也。食时，蒸以热水，得不冷。"烫干丝重在保留干丝本味，煮干丝则重在借味，可以投之于浓鸡汤，再加入虾米、火腿、冬笋等物，但葱蒜、蛤蜊则不宜。民国时候的饭馆注重不同菜系的分别，山东馆子只做山东菜，四川馆子只做四川菜，福建馆子只做福建菜，不像现在，随便找个什么样的饭馆，都能吃到辣子鸡、水煮鱼，所以，要吃煮干丝，就只能找淮扬馆子。唐鲁孙家世豪富，精于品鉴，在安排饭局上颇有一套，但也曾为此而险些弄僵。有一次他的至交好友到北平观光，安排在东兴楼接风，东兴楼在当时是一家有名的山东馆子，以葱烧海参、香糟鱼片、酱爆鸡丁等菜著称，他的这位朋友不明底细，上来就点了一味"火腿鸡皮煮干丝"，堂倌私下找唐鲁孙计议，最后只好辗转到一家淮扬馆子叫了一份，才算了局。

现今社会流动性加剧，各地饮食交相融合，但要尝到地道的淮扬菜，却比以前难得多了。我曾有一次在北京车公庄附近溜达，见一饭馆以淮扬风味自许，遂踱步入内点大煮干丝一碗。真正的扬州干丝，应以徽干为原料，亦即以安徽制法做成的豆腐干，而这碗干丝，却是以寻常北方豆干切成，汤既寡淡，料亦平平，夹了几筷便放下了。由此可见，"融合"未必便是好事，至少，在饮食之道上，多保留一点地域性是更加明智的。

油豆腐

熟悉鲁迅小说的人，大概都忘不了《在酒楼上》里面的油豆腐：深冬、微雪、废园、梅花、破旧的酒楼、颓唐的文人，"一斤绍酒。——菜？十个油豆腐，辣酱要多！"鲁迅嗜辣，常感叹绍兴人不解食辣之趣，油豆腐加上浓浓的辣酱，确是标准的鲁迅口味。油豆腐的制法，是以普通豆腐油炸，直至其表面呈黄褐色，而内里仍保持原来的质感，再以浓汤久炖，口感既佳又极入味，浙东人能吃咸，其汤汁自是越浓越好。周作人曾记其乡昌安门外三脚桥有豆腐店名"周德和"者，所制茶干最有名："寻常的豆腐干方约寸半，厚三分，值钱二文，周德和的价值相同，小而且薄，几及一半，黝黑坚实，如紫檀片。"这种质地坚实的"茶干"，自与蓬松多孔的油豆腐不同，但周德和的豆腐亦有油炸者，每天有人挑担设炉沿街叫卖，其词云："辣酱辣，麻油炸，红酱搽，辣酱拓，周德和格五番油炸豆腐干！"既是油炸，又搽辣酱，或许这就是鲁迅笔下"油豆腐"的原型吧？

如今油豆腐已随处可见，有一次我去山东莘县，见街边的馄饨摊皆设一小煤球炉，炉上置一锅浓汤，汤里炖的便是卤鸡蛋和油炸豆腐。河南安阳一带则多有所谓"豆腐串"者，乃是将豆腐切作条状，每条之尾与下一条之首相连，绵延数十条，两头尖细，中间宽阔，先入锅油炸，再置烈日下晒干，然后以竹签贯穿炖入一锅鸡汤之中，久炖而味道不变，现捞现吃，可抹辣酱，其风味想来也与油豆腐相距不远。但在过去，油豆腐恐怕确是浙东人的专属，袁枚《随园食单》中罗列豆腐烹制之法极多，却没有一条与油豆腐有关，只有"煎豆腐"一物差相仿佛："乾隆廿三年，同金寿门在扬州程立万家食煎豆腐，精绝无双。其豆腐两面黄干，无丝毫卤汁，微有蝍蛥鲜味；然盘中并无蝍蛥及他杂物也。"两面黄干，正与油豆腐相仿，但若是无丝毫卤汁，却又大为不同，至于说"微有蝍蛥鲜味"，更显见其颇上档次，与平民化的油豆腐自非同类。对于现在的人而言，油豆腐易得，只是再要找寻旧式文人的那种情致，怕就很难了吧。

豆腐脑

豆腐脑是寻常早点，各地皆有，只是名称不一。我初到太原之时，每日清晨听人推车叫卖老豆腐，原以为其所谓"老豆腐"者是北京那种"千疮百孔"的老豆腐，出门一看，见一三轮车上横放一个大桶，桶旁摆着一盆卤汤、一盆韭花酱、一瓶辣椒油、一海碗香菜末，桶里赫然是水嫩光滑的一汪豆腐脑！苏州人称豆腐脑为豆腐花，有时简称豆花，初闻之会误以为是四川那种豆花，其实不然。苏州的豆腐花有甜咸之分，甜者兑以糖浆，外加芝麻、赤豆、葡萄干等，北方人多不惯此味；咸豆腐花辅料极多，如酱油、香醋、辣椒油、花生碎、榨菜末、虾米皮、香葱、香菜末等，分成十余小碟，陈列两旁，碗碟既精巧雅致，选料又丰富整洁，别说吃，光是看就觉得是种享受。

对于豆腐脑与老豆腐之别，梁实秋辨析甚明："北平的'豆腐脑'，异于川湘的豆花，是哆里哆嗦的软嫩豆腐，上面浇一勺卤，再加蒜泥。'老豆腐'另是一种东西，是把豆腐煮出了蜂窝，加芝麻酱韭菜末辣椒等佐料，热乎乎的连吃带喝亦颇有味。"如今北京街头的早点摊，大抵以豆腐脑、小笼包、油条、卤蛋为主，老豆腐已颇为少见，豆汁儿就更不用说，年轻一辈的北京人当中，豆汁儿和豆浆都分不清的，也所在多有，不足为奇。有一种说法，认为豆腐脑和老豆腐，当以天津人所制为最正宗，我没有吃过天津的豆腐脑，不知此说确否，但唐鲁孙曾记旧时天津人吃早点偏嗜豆腐清浆："清早起来到豆腐房来碗清浆，再来块豆腐，或者撕块饼就着吃，那是天津卫老哥们的吃法，什么甜浆咸浆，满没听提。"这种豆腐清浆，自然与豆腐脑不同，但我曾在河南鹤壁某镇街头吃过一种豆腐脑，虽然名为豆腐脑，其实搅碎如浆状，上面加了香菜和榨菜末、盐水煮的黄豆，就着现烙出来的葱油饼吃，倒也有点意思，只是不知与唐鲁孙笔下的豆腐清浆是否相似。

豆腐脑虽到处可见，但不同地方的豆腐脑自有不同的风味，豆腐脑本身无大差异，区别主要在于辅料或卤汤。卤汤有荤素之分，旧时北平多以羊肉口蘑熬卤，这是因为当时在北平卖豆腐脑的多从清真口味，如前门外门框胡同的豆腐脑白和鼓楼的豆腐脑马,皆是。吾乡豆腐脑荤卤则是用浓鸡汤作底,上撒炸焦了的碎面叶和糊葱花,《清稗类钞》中曾记有一种"虾仁豆腐":"以豆腐脑泡水中三次,去豆气,入鸡汤煨之。起锅时,加虾仁、紫菜。"二者差相仿佛,但后者显然更精致高档一些。素卤花样更多,大体以木耳、黄花菜、冬笋、榨菜等辅料为主。汪曾祺十分不满北京的豆腐脑,且以为真正好吃的豆腐脑竟是不用卤汤才好:

> 北京的豆腐脑过去浇羊肉口蘑渣熬成的卤。羊肉是好羊肉,口蘑渣是碎黑片蘑,还要加一勺蒜泥水。现在的卤,羊肉极少,不放口蘑,只是一锅稠糊糊的酱油黏汁而已。即便是过去浇卤的豆腐脑,我觉得也不如我们家乡的豆腐脑。我们那里的豆腐脑温在紫铜扁钵的锅里,用紫铜平勺盛在碗里,加秋油、滴醋、一点点麻油,小虾米、榨菜末、芹菜(药芹即水芹菜)末。清清爽爽,而多滋味。

人在饮食口味上的判断倾向,固然常为乡情乡思所左右,但汪曾祺此言,实是大有道理,可称"知味者言"。我曾在山东阳谷县吃过一次豆腐脑,该地豆腐脑多不加卤汤,仅备酱油、醋、姜蒜汁、辣椒油、香菜末、虾皮等寥寥几样辅料,听凭食客根据口味随意添加,就着刚出炉的烧饼,热腾腾一碗吃下来,真是清香爽口,余味悠长,可惜自那次之后,就再没吃过如此清爽的豆腐脑。

卤豆腐干

豆腐干是中国人的发明，近年随着国门的日趋开放而传遍世界，若说有华人的地方就有豆腐干，大概不是虚言。但是，时光倒退五十年，情况便不是这么乐观，梁实秋有一次赴美探亲，在西雅图下飞机，随身携带一包家乡风味的五香豆腐干，到机场即被拦下盘查。当时美国法律规定禁止肉制品进口，海关人员不知豆腐干为何物，疑心其为肉制，虽经梁实秋解释也不敢确信，后来请了农业部专员来做了鉴定才予放行。在中国，卤制豆腐干到处都有，虽是些微小物，但在文人的笔下，出镜率一向是很高的。读古龙小说，凡有酒家处，无论这个酒家多么破败、多么荒僻，卤豆腐干、卤鸡蛋、花生米这几样下酒菜，大抵还是齐备的。郁达夫偕友游皋亭山，亦曾效乡间百姓赤膊喝烧酒："烘着太阳，脱下衣服，先喝了两大碗土烧酒，吃了十几个茶叶蛋，和一大包花生米豆腐干。"李劼人身兼小说家与美食家双重角色，他笔下的"兴顺号"是这样的："它有不怕搁置的现成菜：灰包皮蛋，清水盐蛋，豆腐干，油炸花生糕。而铺子外面，又有一个每场必来的烧腊担子和一个抄手担子，算来三方面都方便。"四样现成的小菜各来一碟，弄点烧腊佐酒，酒足兴尽，再每人要一碗抄手以果腹，想来也是饶有情趣。

有酒的地方，似乎就有卤豆腐干的影子，但这个酒，却以黄酒为宜。丰子恺常与三两好友小酌，于下酒菜毫不讲究，几颗花生米，一碟豆腐干即可，但酒却一定要绍兴黄酒，白酒、啤酒、洋酒皆不可。几年前我在北京读书，有一浙东同学，北上求学之后，常思家乡的黄酒而不可得，某日忽从网上购得一瓶绍兴花雕，欢欣鼓舞之余，便邀我同去一饭馆喝酒。至饭馆，甫一落座，他便索卤豆腐干一碟，结果上来却是切成丝状的熏豆腐干，又掺以葱丝，用香油、生抽等佐料调拌均匀，对此情形，他只能苦笑感叹说，北人既不解饮酒，亦不解卤制豆腐干之妙味。但若说豆腐干下酒皆不宜切丝，却也未必，胡彬夏尝游学美国，习于西餐，每以中餐奢靡且不清洁，于是别出心裁，自创一例，所备酒菜，量小而极精洁："酒为越酿，俗称绍兴酒者是也。入座时，由主人为客各斟一杯，嗜饮者各置一小壶于前。其所备之肴如下：芹菜拌豆腐干丝；牛肉丝炒洋葱头丝，冷食，味较佳；白切鸡；火腿。以上四者，用四深碟，形似小碗，入坐时已置于案……"炒芹菜香干所在多有，但芹菜拌豆腐干丝，实在是闻所未闻，以胡女士制馔之精，料来当是"越酿"的绝配。

豆腐干也宜茶，香干亦名茶干，即是明证。汪曾祺曾写有一篇小说，名字即为《茶干》，其中述及茶干制法云：

豆腐出净渣，装在一个小蒲包里，包口扎紧，入锅，码好，投料，加上好香油，上面用石头压实，文火煨煮，要煮很长时间。煮得了，再一块一块从蒲包里倒出来……这种茶干外皮是深紫色的，掰了，里面是浅褐色的。很结实，嚼起来很有咬劲，越嚼越香，是佐茶的妙品，所以，叫作"茶干"。

茶干大抵以徽干为上品，尤以马鞍山至安庆一带所制为最佳。各地卤制的茶干，风味大为不同，浙东茶干味重而咸，苏州茶干汁浓而甜，各依当地人的偏嗜而定，所以茶干的优劣，重点不在卤汁、作料如何，而在于茶干本身的质地，对此，赵珩的论述甚为精到："好茶干嚼到最后应该绝无豆渣的感觉，而是细如稠浆。佐茶细嚼，冲淡了豆腐干作料的味道，这时才能嚼出豆香和质感来。"自安徽、江苏以至广东，南人皆重喝茶，所以对茶干的制作亦甚考究。山东人不嗜茶而好酒，数年前我在济南与朋友宴饮，席间有牛肉炖豆干一味，乃是以豆腐干与牛肉同炖，汤汁浓厚，味微辣，肉是新鲜黄牛肉切薄片，所谓"豆干"者，却是一种介于豆腐与豆腐干之间的物事，口感不甚质密，久炖即呈千疮百孔之状。一盆牛肉炖豆干，几样小菜，二十升一桶的扎啤，顷刻而罄，宾主尽欢。赵珩说山东邹县有一种熏豆腐，所用豆腐亦是介于豆腐和豆干之间，我有一次去邹县，想一尝这种熏豆腐，却遍寻不得，时移世易，大概很多旧时的小吃，都湮没不闻了吧。

豆腐皮

通常意义上的豆腐皮，大致有两种：一种是千张，近于豆腐干而较薄，质地亦更坚实；一种是油皮，由豆腐浆表面形成的一层膜挑起晾干而成。无论是在外形上还是口感上，这两种豆腐皮都迥然有别，如京酱肉丝所用豆腐皮即是千张，素烧鹅所用豆腐皮则是油皮,二者不能混同。汪曾祺念念不忘于杭州知味观的"炸响铃",所谓"炸响铃"者,即是用油皮裹瘦肉馅,杂以葱花细姜末,入盐,下锅油炸至馅熟皮酥,即可捞出食用,此处的油皮若换作千张,就不免大煞风景了。

以豆腐皮制馔,其本身角色多为佐助,如郑州鼎鼎有名的合记烩面,其汤中即有千张切成的丝。《清稗类钞》中记有用到豆腐皮的美食多种:卷蕈汤是用豆腐皮包裹蘑菇、香蕈熬煮而成;鱼卷是将大鱼和酒蒸熟去骨,以豆腐皮包之,加葱、椒,蘸甜面酱而食;素烧鹅的制法之一亦是用豆腐皮裹煮烂山药入锅油煎,加酱油、料酒、糖、姜等。似此种种,不一而足。纯以豆腐皮为主料制馔者,并非没有,如寻常所吃的尖椒炒千张、凉拌油皮等皆是,但总体说来,样式甚少。唐鲁孙曾记有烧素鸡一味:"材料以豆腐皮做的素鸡跟腐竹为主,配料以冬菇、冬笋、白果为辅。……加一点头发菜跟几颗红枣,加调味料同烧,既讨口彩又配菜色,是新春最受欢迎的素菜。"大鱼大肉吃多了,尝试一下"烧素鸡",想来是极清爽的。

张爱玲曾嘲笑周作人谈吃"写来写去都是他故乡绍兴的几样最节俭清淡的菜,除了当地出笋,似乎也没什么特色",这是忽略了其谈吃文字背后的沉郁晦暗的心境。然而读周作人笔下的越俗饮食,亦自别有韵致,并非全无特色,如其所写的越俗上坟祭祖所备的"十碗头"菜肴。"十碗头"分为六荤四素,六荤是三鲜什锦、扣肉、醋熘鱼、白鸡等;四素则多用豆腐皮,"豆腐皮做的素鸡,香菇剪成长条做羹名白素鳝,千张(百叶)内卷入笋干丝香菇等物名曰素蛏子,以及炖豆腐,味道都不在荤菜之下"。素蛏子一物当为浙东所独有,他处未见,吾乡上坟祭祖亦有"十大碗"之说,但十大碗皆为蒸碗,荤菜是蒸鸡、蒸鱼、蒸酥肉、蒸丸子之类,素菜则为蒸豆腐、蒸白菜粉条等,豆腐皮的运用,就远不及越人了。

豆腐皮宜汤。《清稗类钞》中曾专门记有"豆腐皮汤":"豆腐皮泡软,加紫菜、虾肉作汤。又法,加蘑菇、笋煨汤,以烂为度。"汪曾祺则说:"炖酥腰(猪腰炖汤)里放一点豆腐皮,则汤色雪白。"几年前我曾在苏州一饭馆尝得一味"什锦山菌汤",乃是以高汤为底,另用鸡脯肉、黄豆芽置一小包中,连包投入高汤煮一小时以提鲜,汤成后取出,再加数种山菌,以及金针、木耳、豆腐皮等物,另放入咸肉三块,炖煮半小时即成。此汤鲜美无比,一尝之下,席上的其他菜肴顿形失色。苏南一带人做红烧肉多用千张打结置其中,这样做虽不能为红烧肉本身增色,但打结的千张却因吸饱了烧肉的汤汁而味道香浓。也有一些专卖卤味的店铺,将千张打结放在卤肉的酱汤之中,现买现取,是极好的下酒菜。我所吃到的最好的豆腐皮,当属河南浚县王桥所产的油皮,此种油皮皮薄而筋道,为他处所无,宜加葱丝、香菜、麻油等凉拌,清爽适口,惜乎只在周边地区可以买到,未能行销各地。

拌豆腐

豆制品的烹制,在多数情况下都注重"借味",或追求与某些荤菜的"形似"与"味似"。张爱玲曾经感叹:"在豆制品上,中国是唯一的先进国。只要有兴趣,一定是中国人第一个发明味道可以乱真的素汉堡。譬如豆腐渣,浇上吃剩的红烧肉汤汁一炒,就是一碗好菜,可见它吸收肉味之敏感……"相比之下,拌豆腐大约是最能保留豆腐之原味的吃法,我们寻常所见的拌豆腐方法无非三种:小葱拌豆腐、香椿拌豆腐、皮蛋豆腐。皮蛋豆腐旧时为南方所有,尤多见于上海,但近年随着南北饮食的交融,北方也渐渐开始盛行,唯其口味则颇不及南方人所制。梁实秋最喜欢香椿拌豆腐,自言其后院有椿树一株,春天发嫩芽,绿中微带红色,摘下来用沸水略烫一下,切成碎末与豆腐同拌,奇香扑鼻。又言黄瓜拌豆腐之风味可与香椿拌豆腐相提并论。——香椿拌豆腐的"奇香"不难想象,只是黄瓜拌豆腐如何拌法,却让人颇觉好奇,想来必不能像香椿豆腐那样仅下微盐、浇麻油即可。汪曾祺也以为香椿拌豆腐为拌豆腐中的上上品,且考究更精,说香椿必须采其颜色紫赤之嫩芽,豆腐则最好是细嫩的"南豆腐"。

林斤澜喜食拌豆腐,其方法却是以青蒜切碎拌之,吾乡有所谓鸡蛋拌豆腐者,乃是取熟鸡蛋四枚,捣烂与豆腐同拌,加蒜泥、芝麻香油,此菜蒜味极重,更兼有鸡蛋黄的腥气,食之实觉不佳,鲁西一带人极嗜蒜泥,故能安之。邓云乡曾写有《小葱拌豆腐》一文,极言小葱与豆腐搭配之妙,谓此二者无论是色的"清"与"白",还是香味的协调,都已臻完美境界。"小葱拌豆腐"确是最家常的一道凉菜,然而它之所以能够流行,并不一定由于搭配之妙,食材的易得恐怕才是主要原因,其他如"香椿拌豆腐"者,美则美矣,却只在椿树发芽的那几天吃得上,时节稍过，香椿芽的口感即大不如前。除了以上几种拌豆腐之外，以腌制的雪菜与豆腐拌食亦甚佳，以前豫北一带平民的饭桌上多有此味，近年不知为何已颇少见，即食腌制雪菜者亦较过去大减。

要尽可能地保留豆腐原味，拌豆腐自然也不是上上之选，或许只有朱珪宴客所用的那种不加油、盐、醯、酱的白煮豆腐方能最大限度地存其本味，然而此种吃法，当作理想可以，真正入口必定难以下咽。太原本地有一种蒸豆腐，乃是以高平所产豆腐上笼屉清蒸，在蒸制的过程中不加任何作料，蒸熟之后取出，蘸特制的蒜蓉辣酱吃，倒也别有风味，只是如此吃法，却也说不上是"存本味"了。

炖豆腐

周作人偏嗜炖豆腐，他有一篇文章，写自己幼时见一群和尚为人做法事，事毕吃饭，每人一大碗白饭，一大碗萝卜炖豆腐，吃得津津有味，颇疑心和尚之所以不用吃荤，乃是有这一碗炖豆腐的缘故。又描写浙东乡下的炖豆腐云："豆腐煮过，滗去水，入沙锅加香菰笋酱油麻油久炖，是老式家庭菜，其味却极佳。"鲁西乡间凡有红白之事，除照例的几大盘几大碗几凉几热的席面外，事前头几天款待帮忙的人，都是在院内支一偌大锅灶，炖白菜粉条猪肉豆腐，多加葱姜大料，炖得香气四溢，或许出于成本考虑，这样热腾腾的一碗盛出来，往往猪肉甚少而白菜豆腐甚多，稍浇点醋，再加一勺油泼辣子，就两个馒头，吃得满头大汗，倒也颇为畅快。

砂锅豆腐大约也可算炖豆腐中之一种。汪曾祺谈到做砂锅豆腐的技巧说："沙锅豆腐须有好汤，骨头汤或肉汤，小火炖。至豆腐起蜂窝，方好。沙锅鱼头豆腐，用花鲢（即胖头鱼）头，劈为两半，下冬菇、扁尖（腌青笋）、海米，汤清而味厚，非海参鱼翅可及。"吾乡砂锅豆腐，则重料而不重汤，下花椒粉甚多，又略加几块小酥肉以增其肥腴，每到夏夜，食客多在街边摊上提一桶扎啤，随意搭配几个凉菜，烤些羊肉串、板筋、腰子之类，再要一个砂锅豆腐，如此吃吃喝喝，眨眼间三个小时就能过去。至于砂锅鱼头豆腐，如今各地皆有，我目前所尝过的，却以河南南阳的一家饭馆所烹为最佳，其所用鱼头并非花鲢头，而是鲽鱼头，鱼肉鲜美，汤色奶白，豆腐极入味。

王世襄是烹调高手，他做菜讲究"素菜荤做，荤菜素做"，炖豆腐则以做鱼的方法烹制，堪称绝妙。这一诀窍后来亦为汪曾祺所袭用，他仿做扬州的名菜"文思和尚豆腐"，也是用"素菜荤做"的法子，放猪油和虾子，想来其味道必定不差。印象中较为独特的炖豆腐，当出自唐鲁孙笔下旧时上海虹口一带的秀色酒家。秀色酒家的招牌菜是"掌翼煲"："所谓掌翼煲的材料，其实就是鸡鸭脚翅，先把掌翅炸到颜色金黄，用陶罐加高汤配料煮到酥烂，上桌的时候，架在小酒精炉上，脚掌都有大量胶质，越煲香味越浓。""掌翼煲"中的掌翼吃完，拿所剩的香浓汤汁炖豆腐，是绝佳的下饭菜。

豆腐汤

民国饕客为文鲜有言及豆腐汤者。梁实秋曾写北方贫苦百姓的日常饮食是一大块锅盔,一大碗冻豆腐粉条熬白菜,"唏哩呼噜的吃,我知道他自食其力,他很快乐"。快乐与否只有贫苦百姓自己知道,但这一大碗冻豆腐粉条熬白菜,恐怕是"熬菜"性质的,菜为主,汤不是主要的,所以也就算不上是"豆腐汤"之一种。唐鲁孙写他由台北奉调嘉义,身边有一随从,是军中退役的伙食兵,只会做两样吃食:蛋炒饭、豆腐汤。可见"豆腐汤"一味,实是极寒素而平常的汤品,比之闽粤一带小盅炖的乳鸽汤、乌鸡汤之类,自是远远不及。《清稗类钞》中记有"鸡汤鳆鱼煨豆腐""煨冻豆腐"等汤类数种,但皆以浓鸡汤为底,仍然是要"借味"于他物,也算不上是真正的豆腐汤。

在此仅列举我所喝过的两种印象深刻的豆腐汤:一种是在山东济南,英雄山路附近的一家小饭馆,此饭馆店面极小,主厨者别无所长,唯以一菜、一汤、一主食堪称精绝。菜是干煸头菜,选取极新鲜的大头菜,干煸时用上了地道的四川花椒,入口鲜香中微带麻意;主食是手擀面,主厨师傅不吝力气,面条擀得极是筋道,只以白菜、葱花略炝锅即出,平民做法,却别有滋味;汤即是一味清炖豆腐汤,清可鉴底,除表面漂着几叶碧绿的香菜叶之外,就只有雪白的豆腐块堆积碗底。按道理,如此寡淡的一碗汤,纵然在视觉上颇予人好感,却难当美味之称,但奇怪的是,主厨师傅不知用了什么佐料,这碗汤喝来既无豆腥气又清鲜而不失腴润，令人难忘。另一种是在山东莘县朝城，朝城的名吃是所谓"朝城肉饼"。"朝城肉饼"乃是一种纯羊肉馅的馅饼，个大馅足，口味咸香，一张饼直径足有尺许，重逾两斤，当地从事重体力劳动的人多好此味，食量大的，一张饼吃下去也肯定足以果腹充饥了，而我们则是四人分食一饼，另要了四样小菜并每人一碗豆腐汤。单以口味而论，饼和菜其实都不算出奇，只这碗豆腐汤着实令人难忘，汤中有些许葱丝、雪菜和香菜，汤色微浊，一勺喝下去，满口鲜麻之气，自是由于加了大量白胡椒粉的缘故。这一餐饭，每人半斤饼，一碗汤，就着花生米、豆腐干、凉拌银耳、卤鸡胗，直吃得大汗淋漓，痛快不已。可惜的是，自此以后，就再没喝过这么过瘾的豆腐汤，也很少再有如此痛快淋漓的吃了。

《兴唐传》与山东菜

陈荫荣的评书《兴唐传》，其中有些关于吃的细节颇有趣味，如讲到秦琼误伤人命发配北平府一节，与北平王罗艺一家认亲之后，秦琼与罗成在街上闲遛，进了一家酒楼。罗成是王府世子，素来锦衣玉食，从未在外面寻常饭铺里点过菜，因此，秦琼随意点了几样"平民菜"，罗成竟是一概不识：四拼八凑的大攒盘儿、清拌两张皮儿、鸭油素烩豆腐、巧烹银针盖被窝、脂油大烙家常饼、酸辣汤。

大攒盘儿，自是相当于"拼盘"，不同的是，如今北方的拼盘多用一寻常的大号盘子，现成的各样菜品拼凑起来即可，如北京、济南、郑州、太原各处饭馆的拼盘皆是。攒盘则是分作几格，各个菜品之间彼此了不相涉，这就有点近于广东所谓"卤水拼盘"的意思。至于"四拼八凑"，似乎仅是图个数字顺口，未必就一定是四样或八样菜，北京过去常用的攒盘有一种叫作"九子攒盘"，八个梯形格子围作一圈，中间是一个近似于圆形的格子。

清拌两张皮儿，这个菜名有点费解。有人解作凉拌豆皮儿加粉皮儿，似乎不错；也有人解作凉拌粉皮儿（两张），从字面意思上看，好像更贴切些。山东东阿县有道菜叫"拌两张皮儿"，但是这两张皮儿都是豆腐皮儿——一种是豆浆表面结成的那层油皮，一种是压制成的"千张"。现在拌两张皮儿在鲁西一带已不多见，寻常馆子里的"东阿豆腐皮"，多是用深色的千张，切丝，加葱丝、香菜、麻油、酱醋等凉拌而成。

鸭油素烩豆腐，曾有篇文章提到《兴唐传》中的此节，以为秦琼的祖父秦旭曾在南京一带为官，所以秦琼点的这道菜颇有点"古南京"的意思。且不说秦琼的祖父秦旭、父亲秦彝皆系演义杜撰而来，就说"鸭油素烩豆腐"，其实这在北方的烤鸭馆子里，只是一道寻常菜肴，北京、天津、济南遍地可见，非淮扬菜系所特有，北京过去有名的山东馆子"东兴楼"，除了最拿手的"烩鸭条鸭腰加糟"外，也有这道"鸭油素烩豆腐"。

巧烹银针盖被窝，银针即是豆芽，被窝就是摊鸡蛋饼，这道菜，说白了就是醋熘豆芽上面盖个鸡蛋饼，在鲁西一带的街边馆子里都可见到。它与北京、济南专做春饼的馆子里热卖的"炒合菜"略有相近，只不过炒合菜要加韭黄、肉丝等物，且不宜"醋熘"。

至于酸辣汤、脂油饼等，大抵也都是山东一带馆子里习见的吃食，此处不必赘述。陈荫荣先生是北京人，长期在京津一带演出，大约常吃北京的鲁菜馆子（现今所谓的京菜，也有相当成分是由鲁菜演变而来），在评书之中融入一些山东风味，正是理所当然。若一定要说陈先生考据精详，把握住了隋唐英雄们的饮食习惯——甚至连秦琼点菜有"古南京"之风都发掘并表现了出来，我以为倒大可不必，否则真要认真推究起来，上述的这几道菜，恐怕没有一样是隋唐之际能够吃得到的。

《兴唐传》中令人印象深刻的关于"吃"的片段，还有几处，也大都透着浓重的"鲁味"：如第二十七回程咬金去尤俊达的饭馆吃霸王餐一节，刚坐下点菜，他点是的一盘拆骨肉多加葱丝、一盘炸丸子三吃（所谓"三吃"，一是蘸酱、二是椒盐、三是带汁）、一碗良心汤（即高汤）、四张家常饼，这也都是典型的鲁菜。第四十九回群雄车轮战杨林一节，战到半晌轮拨下来吃饭，吃的是什么呢？酱牛肉撒葱花蘸甜面酱，用两张大饼卷起来吃——这是典型的山东人吃法，山东民间有谚云"大葱抿甜酱，不尔烂咸菜"，意思是有了大葱蘸甜面酱，谁还需要咸菜呢？所谓"不尔"者，鲁西一带方言，常说"不尔乎你"，即"不理会你"之意。第九十三回黄土城诈降一节，程咬金对一众士兵说："我先让他们慰劳慰劳，轻者是筒子鸡，拌黄瓜，炖肉烙饼汆丸子，重者就得大排筵席，吃成桌的。"筒子鸡系胶东菜，因烹制过程中需用铁皮筒而得名。至今鲁西一带乡间犒劳帮工之人，炖肉、烙饼、汆丸子、拌黄瓜仍是常备的吃食，拌黄瓜取其价廉易得，山东人食量甚豪，每以大盆盛之，上面淋着浓厚的蒜汁香油；炖肉烙饼汆丸子则取其"瓷实"，能顶饥，过去老北平的人力车夫，靠卖体力为生，饮食上不能含糊，中午吃饭也多以炖肉烙饼充饥。

历来文人的小说创作，多有涉及饮食者，像《红楼梦》中的茄鲞、酒酿清蒸鸭子等，皆为人所乐道，但其文人气既重，描摹之际便不免多美化、玄想，又或者取材贵胄生活，饮馔起居皆非寻常人家所能经历。倒是《兴唐传》这样的面向平头百姓的评书，偶然插入一两段关于"吃"的叙述，读来让人感到津津有味。

豫北的早点

在这样一个饮食高度同质化、遍地是连锁餐饮店的时代，大约只有早点，最能见出一个地域的真精神了，可惜的是，即便是这一点点残存的真精神，也正处在飞速消退的过程中。梁实秋到台湾之后，四处寻找老北平的豆汁儿不可得，而如今即使是在北京，能喝得惯豆汁儿的人也已为数极少。早晨七八点钟站在城市街头，匆匆走过的多是手里拿着肯德基、麦当劳早点的上班族，可见不独一时代有一时代之文学，一时代亦有一时代之饮食，强求不得。我自幼生长在豫北、鲁西一带，于此一地区的民风、饮食最是熟悉，这里过去是黄泛区，民风强悍，饮食粗粝豪放，盛菜盛饭多用大盘大碗，寻常百姓皆极嗜葱蒜，凡吃烙饼、面条、饺子等，都会另摆一盘葱段或一碗蒜瓣在旁，致有无蒜不欢者——传言有个聊城女孩嫁到了苏州，竟因嗜蒜而与丈夫闹到分居，这当然是比较极端的例子。其实我于"家乡菜"并没有什么特别的情分，离开这么多年，念兹在兹的，想来也只有故乡的早点了。

豫北早点，若说有什么外地所难以吃到的特殊花样的话，当首推安阳的"扁粉菜"。"扁粉菜"名字怪异，顾名思义，"扁粉"就是扁粉条的意思，"菜"主要是豆腐、猪血和青菜。这几样东西放进一口大锅里，以高汤熬煮，出锅时浇上浓厚的辣椒油，就是所谓"扁粉菜"了。扁粉菜我只在安阳、鹤壁、邯郸、濮阳四个地方见到过，邯郸以北，如邢台、石家庄，没有此味，鹤壁以南，如新乡、郑州，也极少见早点摊上售卖。如此美味，何以竟不能普及各地呢？大约是口味偏重的缘故——华北人吃早点，总归以豆浆油条、清粥小菜为正宗，对于重庆人的一大早就吃麻辣小面、武汉人的顿顿早点不离热干面，是一向视作旁门左道的。吃扁粉菜必加辣椒油，如果加得少了，就嫌不够味儿，这有点类似麻辣烫，若不麻不辣，清汤烫菜，谁还乐意吃呢？扁粉菜因所用食材皆甚廉价，所以其定价亦较低，十五年前，在安阳吃一碗扁粉菜，只要一块钱。扁粉菜的标准搭配是油饼，或者称千层饼、手抓饼更加准确，很多人吃扁粉菜，是冲着可以不限次数添加的高汤而去的，毕竟，自家做饭大都懒得费工夫去熬煮这种猪骨高汤。

胡辣汤是较有名气的一种早点了，西安也有所谓的"肉丸胡辣汤"，从"胡辣"二字来说，似较河南的"逍遥镇牛肉胡辣汤"更名副其实，大约河南人在麻和辣两种滋味的接受度上总是偏保守些。有人说牛肉胡辣汤产生于北宋徽宗年间，也有说法认为其制法源出于少林寺的"醒酒汤"和武当山的"消食茶"，但二者皆难确考，从口味上判断，胡辣汤似乎更近于回民饮食。据说真正讲究的牛肉胡辣汤除了要用牛肉汤做底之外，还要加三十余味药材，并掺以面筋、腐皮、木耳、黄豆、黄花菜等物——这听起来仿佛是噱头，民间凡宣传某种特色美食，每每强调其用料之繁复，动辄数十种，其实是有违饮馔之道的，袁枚《随园食单》中尝有云"味太浓重者，只宜独用，不可搭配"，这才是知味之言。胡辣汤不能算豫北特有的一种早点，烹制此味最负盛名的"逍遥镇"是在周口，"北舞渡胡辣汤"则是在漯河，但豫北各城市的早点摊上，大都有胡辣汤售卖。牛肉胡辣汤在豫北又名"红胡辣汤"，以其颜色绛红之故，同时可以和"白胡辣汤"相区别，至于"牛肉"二字，大可不必较真，以现下的物价，若指望在两块钱一碗的胡辣汤里品尝牛肉滋味，未免太痴。"红胡辣汤"口味咸重，早晨就着油条喝下两碗，一上午恐怕没有一暖瓶的开水解不了渴，所以豫北人多喜"两掺"，亦即将豆腐脑与胡辣汤掺在一起，以胡辣汤代替豆腐脑的卤汤，其口味相比北京的传统豆腐脑、苏州、四川的豆花，别具一格。

白胡辣汤是另外一种物事，这种胡辣汤大概只在豫东北的濮阳市可以喝到，在当地又称"传统胡辣汤"，相形之下，牛肉胡辣汤反而是一种新兴的、外来的吃食。白胡辣汤口味清淡，多用面筋（这种面筋与通常所见的那种海绵状面筋不同，呈不规则的带状，致密而有韧性）、菠菜、花生、粉条、海带等，"胡辣"的来源大概是胡椒粉，但其用量亦甚微，故胡辣之味并不明显，濮阳曾有阵子流行炸烧饼——即将刚出炉的芝麻烧饼入锅油炸，炸至两面金黄取出，撒辣椒粉、孜然粉，食客中有口味偏重的，往往在饼上洒大量辣椒粉，乃至堆积如小丘，然后平端入内，再将饼上的辣椒粉倾入胡辣汤中，此亦一种吃法。白胡辣汤的源起不可考，但我觉得它与豫东北、鲁西南一带乡下人常喝的"粉汤"十分接近，所谓"粉汤"者，除了要勾芡、适度加入胡椒粉外，也要加菠菜、粉条等物，当地民风粗朴，乡民在家中设席，酒是自酿的桶装烈酒，菜肴如清拌黄瓜、芥末粉皮、炖鸡炖肉等皆用大盆盛放，酒足饭饱之后，定要一人来一大碗粉汤，才能收束得住这一场海吃海喝。所以，白胡辣汤与红胡辣汤名称虽相近，实则差异极大，一为清真口味，一为豫东北乡下家常口味；烹制方法也是一繁复，一简单。

豆沫是安阳、邯郸一带的特色早点，安阳曾是殷都，因而当地人都说豆沫的来源与饿死首阳山的伯夷、叔齐有关——这当然是无稽之谈。豆沫的主料是小米，另加黄豆、花生，皆磨成粉浆，并放入豆腐、菠菜、海带、花椒、精盐、芝麻等。与牛肉胡辣汤相比，豆沫的口感似更温醇稠密些，佐料味没有那么足，刺激性也没有那么强，有一股豆米清香，灰沉沉一碗端上来，上面浇几滴麻油，更是香气扑鼻，再就着不花钱的腌萝卜丝吃两根油条，算是种不错的享受。我有个居住在浚县的朋友，极嗜豆沫，尤嗜鼓楼往西的那家豆沫，当年读高中之时，从早自习下课到上午第一节上课之间，仅有五十分钟的时间，他也必定要骑自行车来回奔跑半个小时，以五分钟一碗的速度连馨两碗豆沫外加三根油条，鼓腹而归，若非如此，就总觉得仿佛缺了点什么。后来这位朋友到了别的城市读书、工作，便再难喝到地道的豆沫了，现在很多超市里有所谓的"豆沫粉"出售，可买回家按口味添加食材自行烹制，但据他说，就不是那个味儿。

丸子汤是到处都有的，但早晨就喝丸子汤，大概主要还是华北一带人的风习。北京早点里面有一种"豆面丸子汤"，所谓"豆面丸子"，是用豆面、萝卜丝、粉条等混合油炸而成，是素丸子；太原早点里则有一种"南肖墙丸子汤"，南肖墙是个地名，这种丸子介于荤素之间，主要由猪五花肉和土豆粉等掺和油炸而成。豫北一带只有濮阳的某些县区喜欢以素丸子汤为早点，从丸子本身来说，与北京、徐州的"豆面丸子"没有什么差异，都是以绿豆面、萝卜丝等为主料，再混合花椒面、葱姜等作料——从这个角度讲，"豆面丸子汤"似乎应该算是"运河菜"之一种，凡淮河以北、京杭大运河沿岸地区，都可以见到它的踪迹。河南省最东北角的台前县（属于濮阳市），地处豫鲁交界，旧时一直属于山东，四十余年前划归河南，其饮食、方言、文化兼有豫鲁两省特色，当地有种酸辣丸子汤，极勾人馋涎，丸子不必说，就是普通的豆面丸子，那碗微褐色的汤却着实有意思——它既不是以骨汤、鸡汤做底子，也没有用辣油、红油等，厨师不过是在十余种调料里随意掂配，拿滚水一冲，捏一撮香菜撒在上面，再浇几滴麻油，就自然成了一碗鲜麻酸辣的好汤。

烩馍给人的印象似乎接近西安的羊肉泡馍，洛阳有所谓"羊肉烩馍"者，从口味、用料等方面说，基本上可以等同于羊肉泡馍，唯一的区别大概只在于馍是否要手掰，以及馍块的大小等；开封则有"牛肉烩馍"，亦属清真风味；杨朔有篇散文写他经过临汾，在小客店歇息时要了一碗烩馍，"这是种含有十足的西北风味的饭食"，可见也是牛羊肉烩馍一类。相对而言，豫北一带的烩馍则是另外一种吃食，既不用羊肉，馍本身也只是普通的发面馒头，而不是质地坚硬的锅盔。因此，如何让馒头本身在汤汁里不致泡发、松散，是门学问，对此，豫北烩馍的诀窍有二：其一，烩馍所用的馒头，本身较寻常馒头要更致密些，绝不是那种看起来饱满，双手一捏便缩成一小团的海绵般的馒头，鲁西一带有种远近闻名的"高桩馒头"（不同于临沂的高庄馒头），最为合用；其二，烩馍在加汤之前，要先切块与豆芽、蒜薹、酥肉等一同翻炒，经过翻炒之后的馍块，虽浸入汤汁，短时间内也不致泡散。就形态和烹制方法来说，豫北烩馍更像是一种加了汤的炒馒头块，豫北人嗜食馒头，这样一碗热腾腾的烩馍下肚，既有馒头，又有菜和汤，更兼香气馥郁，实在是平头百姓适口充肠的佳品。

呱嗒，名称甚怪，有些地方称之为"牛舌头"，以其形状长圆，毕肖牛舌之故。呱嗒本是鲁西一带的特色吃食，源起于济南、聊城等地，但豫北地区，尤其是临近山东的濮东诸县，也多有流布。无论是口味、制法还是用料上，呱嗒都与肉合颇为相近，所不同者，一是形状（肉合多作正圆形），二是厚薄（肉合较呱嗒更厚一些），三是馅料（呱嗒属于清真食品，故用料多以牛肉、粉条为主）。因形制长而薄，所以呱嗒的口感十分酥脆，豫北一带人的吃法，是喜欢用一个刚出炉不久的芝麻烧饼，从中弯折，将呱嗒夹在中间，就着一碗胡辣汤囫囵食之，其间趣味，似乎约略近于老北京的"烧饼夹油鬼"，不过呱嗒是有肉馅的，所以更复杂些。据说有个徐州人跟随当地的旅行团去北京，走马灯似的转了几天，没吃过一顿饱饭，回程坐的是夜车，经过濮阳时已是早晨六点，他下车吃早点，竟连吃三个烧饼夹呱嗒，喝下两大碗胡辣汤，结果一回到徐州就撑得进了医院——这虽是个不幸的例子，却也足可见得"烧饼夹呱嗒"确是美味，令人一尝之下便难以作罢，非吃得肚皮滚圆不可。

水煎包，是锅贴之一种，在古时应算作"扁食"。《清稗类钞》中记"扁食"云："北方俗语，凡饵之属，水饺、锅贴之属，统称为扁食，盖始于明时也。"有说法认为水煎包的出现可追溯至秦末汉初时代，甚至与汉高祖刘邦有关，这当然不可信，"始于明时"大概还是确凿的。豫北一带的水煎包可以理解为一种素馅的锅贴，如在濮阳、安阳等地，只要早点吃水煎包，那就必是韭菜素馅无疑，想吃肉馅的，大可选择呱嗒、肉合、羊肉包子等。至于其他地方的水煎包，如菏泽、开封、西安等，则大抵有荤素之分，素的就是韭菜馅，荤的还可分牛肉、羊肉、猪肉馅。逯耀东描写他在西安逛夜市的经历云："好不容易在夜市的尽头，找到一家牛肉丸子汤的摊子，于是坐下来，要了碗丸子汤，两只水煎包，在旁边的摊子要了一碟钱钱肉，钱钱肉就是驴鞭，还要了烤羊肉串，一大杯冰生啤酒，独自啜饮起来，小桌小凳颇有情味。"此种情形，颇引人向往，数年前我在开封的夜市也曾就着生啤酒吃大串烤羊肉和水煎包，只是单就豫北而言，水煎包仅仅是早点，晚上是无论如何吃不到的。

除却上述的种种吃食外，豫北早点还有豆腐脑（有荤汤、素汤、浆式、两掺之分）、羊肉汤、烙饼、炸布袋、炸糖糕等物，此处不再一一叙述。华北人的早点，不似江南、闽粤一带人那般讲究，像广州人喝早茶、苏州人吃头汤面那样的盛况，在此地当然不会有，味分南北，食有精粗，自古而然，倒也不必刻意标榜一地域之特色。如果说在豫北吃早点有什么讲究的话，大概是在搭配上——羊肉汤扁粉菜与手抓饼、油条布袋与胡辣汤、烧饼呱嗒肉合与素汤豆腐脑、水煎包羊肉包与糊糊粥……这些都是相对固定且经由多少代人积淀下来的经典搭配，饕客不可不知，如果拿呱嗒、包子、肉合与扁粉菜同食，则不免太咸重油腻，如果就着糊糊粥吃烧饼、手抓饼，又不免太寡淡无趣。凡事总要讲究互补，饮食之道，亦是如此。

鲁西的"大锅台"

过去鲁西一带人不怎么吃火锅,"铜锅子"或许还可偶尔见到,其他如广式、川式火锅等,皆市面上所无,至于时下流行的潮汕牛肉火锅、重庆九宫格火锅、丽江斑鱼火锅之类,更是闻所未闻。冬日苦寒,无论是朋友聚饮,还是家人小酌,当然是守着一口热乎乎的锅子吃饭更有氛围,对此,鲁西人的解决方法,就是所谓的"大锅台"。

大锅台,顾名思义,其首要特点是在大锅和灶台二者上。大锅是一口黑黝黝的铁锅,直径可达一米,灶台中空,用以放置大锅,讲究些的,下面还可添加柴火,以免锅内的食物冷却,需注意的是,一定要用木柴,若用木炭、煤炭或固体燃料之类,就了无意趣了。说白了,大锅台就是大炖菜,这并非鲁西所特有的饮食特色,东北有,苏北也有,唯东北大锅台特重鱼鲜,现在市面上常见的"东北野生大鱼坊"之类,即由此而来,苏北大锅台则以"徐州地锅鸡"最是名声在外。相对而言,鲁西的大锅台是较默默无闻的,其风味、特色亦近于鲁菜,厚重、量足,并不以精致、细腻见长,曾有一个上海朋友到阳谷县谈生意,当地接待之人为显诚意,特地请他到一家大锅台吃饭,要了一锅炖大雁,另有一盆红焖肘子、一盘红烧黄河鲤鱼、一盘剔骨肉、一盘烧鸡,外加凉菜四味,大鱼大肉,琳琅满目,再配以高度数的景阳冈白酒,那位上海朋友却自始至终没有动几下筷子,可见不同地域自有其不同的饮食习惯,强求不得。在上海人看来,这种表面浮了一层油的大锅炖菜,恐怕连基本的食品卫生都是无法保证的。

吃大锅台要到乡下才有意思,一则,城里本就少有这类饭馆子(近年似乎稍有变化);再则,吃大锅台多少还带着那么点野意,若是在装修一新、器用现代、侍者环伺的雅间,拿捏着夹几筷子,反倒失了趣味。我有次随朋友去莘县,劳碌一天,到下午五点时分已是腹鸣如鼓,商量着晚餐要找家大锅台吃炖羊肉就馒头,结果寻遍整个县城未见一家,嗒然而返,不料却在离县城不过七八里许的一处小镇上接连见到十几家,每一家都是灯火辉煌、食客满座,于是任择其一入内,索五斤鲜羊肉现炖,纵情大啖之余,才恍然明白原来县城里的人要吃大锅台都会驱车至此。

鲁西大锅台既不像东北那样以野生鱼类为主,也不像徐州那样以炖鸡为主,其原因大概是在于:鲁西一带水产较少,鱼类无非鲤鱼、鲢鱼、草鱼、鲫鱼、鲶鱼等几种,这些鱼或者鱼刺太多,或者肉质不似东北鱼类那般紧致有韧性,又或者体型太小,皆不适合大锅久炖;至于炖鸡,鲁西人酷嗜此味,因此到处有专门的炖鸡店,倒也不必求之于大锅台。故而鲁西大锅台的菜品向来是以羊肉和排骨为主,如果想吃点新鲜花样,还有兔肉、鹅肉、大雁肉可选择,只是兔肉容易有股子草腥气,非四川麻辣口味不能遮掩之；鹅肉似以腊鹅、烧鹅为佳，炖鹅并非上品；大雁肉虽是出自养殖场，但价格也颇昂贵，寻常的朋友小聚，是很少点炖大雁这道菜的。

炖排骨并没有什么出奇，唯有"大炖羊肉"，才算得上是鲁西大锅台的招牌菜。究竟"炖羊肉"的前面何以要加上一个"大"字，存在多种解释，有人认为这是"大锅"或者"大火"的意思，因为鲁西的大炖羊肉要置于大锅之中用大火炖煮；也有人认为是"大料"或者"大块羊肉"的意思，因为鲁西人烹制"大炖羊肉"要放白芷、桂皮、良姜等多种作料，羊肉也需切作较大的肉块。不过"大炖羊肉"并非鲁西地域的特有吃食，其他地方也有。如山西民歌有句云"大炖羊肉满锅油，不如娘家下喝稀粥"，陕北民歌有句云"大炖羊肉短不了葱，山曲不酸不好听"，内蒙古民歌则有句云"大炖羊肉锅扣锅，实心实意你和我"。由此可见，至少在晋北、陕北、内蒙古中部一带，大炖羊肉也是平头百姓的寻常吃食——以山西为例，越往晋北走，则吃羊肉的风气越盛，这大概是与其地气之寒冷有关。唐鲁孙谈论山西饮食，念念不忘大同的"犒劳"，亦即今日山西菜中的"栲栳栳"，这是一种以燕麦面为主要原料的吃食，"把面卷成实心春卷形，放在蒸笼里蒸，拿出来放在碗里掰碎，浇上浓厚的羊肉汤来吃"，之所以要这样吃，既是因为大同一带气候寒冷，面食以燕麦为主，也因为羊肉与燕麦面的搭配最能使人耐得饥寒。

鲁西的大炖羊肉论斤出售，十年前，每斤羊肉约二十元，现在则是五十元左右，这里指的是炖煮之前在肉床上现割下来的鲜羊肉，炖煮之后自然还会缩水。讲究一些的大锅台馆子会有种种炒菜，以鲁菜为主，如熘肝尖、爆三样、炒合菜、糖醋里脊等，寻常大锅台则除了炖羊肉等主菜之外只备现成菜，如卤豆皮、煮花生、糟鱼、盐水黄瓜、拌粉皮等。由于多数大锅台馆子都是自行杀羊、剥羊，所以如果时机凑巧的话，还可吃到新鲜的麻辣炖羊血，这道菜味道鲜麻香辣，口感又嫩滑酥爽，用作开胃菜是最合适不过，只是馆子里每日杀羊所得的羊血数量有限，刚刚出锅的麻辣炖羊血，往往一售即罄，能不能吃到，就只得看时机是否凑巧了。

从口味上说，鲁西的大炖羊肉与白煮羊肉（如新疆的白水羊肉或苏州的藏书羊肉）绝异，羊肉经过掺有多种香料的浓郁汤汁炖煮之后，其特殊的膻气已几乎被遮掩无余，这对于不喜羊肉膻气的山东本地食客而言，简直是福音，毕竟羊肉的那种细嫩质感非猪肉和牛肉所能比拟；但对于专喜羊膻气的西北食客而言，就是场灾难——没有了膻气的羊肉，怎么还算得上是羊肉？有个甘肃的朋友到鲁西来做客，接风宴就是吃大炖羊肉，结果直到席终，他也不相信吃到嘴里的是羊肉，主人甚是尴尬，不料次日早晨去当地早点摊上吃羊肉包子喝胡辣汤——是那种特意在馅里剁进了羊油的包子，一口咬下去，油汤四溢，膻气扑鼻，他欣喜道这才是真的羊肉啊。大炖羊肉并非纯粹的炖肉，除了羊肉之外，通常还要放白菜和粉条，白菜最好用菜心，或干脆用娃娃菜，粉条则以红薯粉为佳。鲁西乡民若是盖房子需犒劳工人，也通常会弄一锅大炖羊肉，再蒸上百十个馒头，羊肉与白菜、粉条之间的比例把握，是考验主人豪爽程度的关键所在，若是遇上了吝啬的主人，没准吃一大碗也只能拣出两三片羊肉。

据说鲁西的"大炖羊肉"与单县羊肉汤之间颇有渊源，此说不无道理。单县羊肉汤有"红汤羊肉"之称，其宗旨亦不在保留原味，并且在烹制过程中也需加入多种香料。那么鲁西的大锅台馆子里究竟有没有"白汤羊肉"呢？至少在我的个人经验里，是未曾遇到过，仅有的一次特例，是在几年前的一个冬天，从一个以饲羊为业的亲戚那里弄到一只洗剥干净的整羊羔，遂邀得几位朋友，提着羊羔和啤酒去了一家相熟的大锅台馆子，请厨子帮忙加工。厨子打开袋子，将羊羔横置在案板上，双目放光道："这是不满三个月的小尾羊！"遂建议我们不必用大炖的老法子处之，这等鲜嫩的羔羊肉，宜白煮，羊肉稍煮即熟，蘸椒盐吃，羊汤则可加芫荽、小葱等，如此吃肉喝汤，才是正道，否则便是暴殄天物。我们听后自是连连点头。羊肉煮熟后，果然鲜嫩异常，羊汤呈乳白色，上面飘了几粒绛红色的枸杞，以及碧绿的芫荽、小葱，看着便十分诱人。一只整羊羔，熬煮成一大锅羊肉、羊汤端上来，再随意搭配上几盘凉菜，我们六个人，竟一鼓而荡尽，其中有位朋友连喝了九碗羊汤，出店门时已是腹胀难忍，走起路来竟是摇摇晃晃，这是我所经历的最酣畅淋漓的一次吃大锅台经历。只是这样的白煮羊肉，一则于食材本身要求甚高，二则在鲁西地区也并不盛行，也不过是偶一为之罢了。

也谈瓦块鱼

鲤鱼在北方是最为常见的一种鱼，冀鲁豫一带乡间每遇办喜宴者，席间皆有清蒸或红烧鲤鱼一味，以鱼形长盘盛之，为必备的"几大件"之一。之所以如此，不是因为鲤鱼珍贵，大抵是取其价廉易得，且体型壮大，若以寻常大小的鲈鱼一尾清蒸以飨客，美则美矣，但每人夹上两三筷子即仅剩一副鱼骨，那就未免略嫌寒酸了。显然，鲤鱼不是一种可以称得上美味的鱼，《水浒传》中梁山泊的军师吴用去石碣村说服阮氏兄弟，以搜求十余尾重十四五斤的金色鲤鱼为借口，但汪曾祺也一针见血地指出，写《水浒传》的施耐庵、罗贯中对吃鲤鱼是外行，这种鱼一旦大到十四五斤，就必定不好吃了。

梁山泊好汉讲究大块吃肉、大碗喝酒，吃鲤鱼以"大"为贵，也不足为奇，倒不必一定强求味美，但是，对于我等在水产方面本就选择余地不大的华北人而言，如何将鲤鱼这种最为常见、易得的鱼烹制成可口佳肴，那就是个很重要的问题了。历来擅长烹制鲤鱼者，以河南人名声最著，而河南省内又首推开封，其所以如此，根据邓云乡的考证，应是宋人的流风余韵，且杭州

名闻天下的西湖醋鱼、五柳鱼,也是传自河南开封:

> 靖康难后,繁华云散,百姓流离,跟着"行在"往南逃的百姓,把汴梁做鱼的方法带到了杭州,这就是有名的宋五嫂流传下来的五柳鱼、西湖醋鱼。

为什么开封人特别擅长烹制鲤鱼?这大约与当地盛产黄河鲤鱼大有关系。《清稗类钞》中有记载云:"黄河之鲤甚佳,以开封为最多。仿南中烹鲥鱼法,味更鲜美。"所谓"南中烹鲥鱼法",大概是清蒸,但清蒸鲤鱼腥味极重,即便是黄河鲤鱼,亦所难免,其味道究竟怎么个"鲜美"法,着实令人难以揣想。汪曾祺说他素来不好鲤鱼,因其肉粗而味腥,但黄河鲤鱼却是例外,而辨别普通鲤鱼与黄河鲤鱼的方法并不甚难:"只须看鲤鱼剖开后内膜是白的还是黑的。白色者是真黄河鲤,黑色者是假货。"《清稗类钞》中更明确地说黄河鲤鱼以河南省所产为佳,若循流而上,至宁夏便口味大异:"宁夏之鲤,隆冬渔师凿冰,取以致远。然肉粗味劣,与南中产者无殊,非若豫省黄河中所产者,甘鲜肥嫩,可称珍品也。"此说也颇有趣,大概黄河鲤鱼的口味如何与出产河段的含沙量之多少有关?我家乡就在黄河边,黄河鲤鱼虽不易得,市面上更是售价昂贵至百元一斤,但每年总还能从朋友处得到两三尾,品尝起来却也不过尔尔,味道虽与普通鲤鱼有殊,倒也并非判若云泥,有人说近二十年来大量外来鲤鱼流入黄河,再加上养殖业的过度发达,导致其品种混杂,口味也大不如前，这或许是原因之一，但问题的关键，恐怕并不在于鲤鱼的品种，而是在于烹制的方法——鲤鱼的最佳烹制之法，当首推河南馆子里的"瓦块鱼"。

瓦块鱼，既名瓦块，当然是取其形似，民国时期的北平有一家名为"厚德福"的河南馆子，即以擅烹瓦块鱼而闻名全国。关于"厚德福"这家馆子，邓云乡在其《燕京乡土记》里有一段详细的回忆：

> 厚德福这家馆子，那时在大栅栏中间路北，没有铺面，只是一个大黑门，挂着一个大铜牌子："厚德福饭庄"。当时听大大说，那是一家河南馆子，很有名。记得进门有非常大的木桶，里面养着很大的活鱼，都是黑的，我贪婪地想多看一会儿，却被大大拉开。

在许多人的回忆中，厚德福都是一个极低调的饭馆，没有铺面，招牌也极不起眼，初到北平之人，特意到大栅栏附近去寻找这家饭馆，往往遍寻而不见。据唐鲁孙考证，厚德福本是一家鸦片烟馆，后来厉行禁烟之后，遂改为饭馆，但"厚德福"这个名字仍沿用下来——可以想象，大烟馆自是应当极低调的。厚德福的瓦块鱼之所以名闻遐迩，首先是与其选料之精有关。梁实秋说活的鲤鱼和鲢鱼均可用，但必须取其中段肉质最佳的一部分；而唐鲁孙则说厚德福的瓦块鱼必用黄河鲤，买回之后要先放在清水里养两三天，吐尽土腥气，且讲究当场摔杀下锅。说法不一，不过都重在一个"精"字。其次，要做出上好的瓦块鱼，手艺上也极讲究。唐鲁孙认为鲤鱼肉厚筋韧，厚德福的绝活是能够以巧妙的方法把鲤鱼身上的那条大筋抽掉，这样鱼肉才鲜嫩好吃。厚德福于民国初年曾因兵变被抢，到"文革"时期又更名为河南饭庄，现已搬至南礼士路，仍以厚德福为名，至于其招牌菜"瓦块鱼"和"铁锅蛋"的滋味是否仍如旧日，我没有专门去吃过，也就不得而知了。

　　瓦块鱼的做法甚多，有清蒸、有红烧、有炸烩，但若用鲤鱼为主要食材的话，也就不宜清蒸，北方常见的瓦块鱼，仍以红烧或炸烩为主。都说开封人擅烹瓦块鱼，此言不差，在开封随便走进一家有年头的豫菜馆子，大都可以吃到一碗做得还算地道的瓦块鱼，只是现在川渝菜、烤鱼、鱼火锅的渗透十分强势，北方的任何一个城市，都可以看到遍布各处的巫山烤鱼、酸菜鱼火锅等，愿意到这种老派馆子里吃一碗瓦块鱼的人，渐渐少了。周作人说过去浙江一带的平头百姓甚少吃肉，鱼虾蟹蚌之类却是常用，而北方的情况则恰好相反，比如太原稍上点档次的饭店常以"渔村"命名，其原因即在于过去北方要吃到品类繁多的水产十分不易，非高档的饭店不能办。如今运输发达，几乎要什么有什么，这样一来，长期占据着北方人餐桌上一席之地的鲤鱼也开始慢慢淡出。二十年前，河南、山东一带摆婚宴，红烧鲤鱼是必备的一道菜，现在则是已差不多完全被清蒸鲈鱼、鳜鱼或者多宝鱼所取代。

　　鲤鱼毕竟不是什么珍馐上品，它的角色如同猪肉，价廉易得才是关键，对于这样的食材，自亦无需讲究什么保留本味——清蒸鲤鱼有如不加盐的煮白肉，食之无味不说，吃得多了还觉得腻歪，正因如此，瓦块鱼的做法才应运而生，说到底，这是一种针对平民食材的平民吃法，所以，宁浓厚而勿清淡。我曾在郑州的一处小饭馆吃过一种受了川菜影响的改良版瓦块鱼，它的烹制过程与寻常瓦块鱼并没有什么不同，也是将鲤鱼切块先过油煎炸，再放入炒好的底料汤汁。区别是在于，这家饭馆的瓦块鱼在底料中稍用了些红油、麻椒、辣子等物，豫菜而用川菜作料，看似不伦不类，但是端上来后尝一口，味道居然很不错，当时还有几位朋友在座，不算小的一盆瓦块鱼，片刻间就被吃得只剩下半盆油汤，于是大家又要了一盆才算过瘾。

　　北方的瓦块鱼做法似是由煎炸鱼块发展而来。河北的中部、南部，河南的北部，均极重煎鱼，过去保定、邢台一带的寻常人家，整治一条大鲤鱼切块油煎，再烙几张家常饼，煮一锅加了葱花香油的清汤面条，便是改善生活了。而豫北人过年必备的几样吃食，除小酥肉、炸丸子、炸鸡块、炸豆腐、红烧肉之外，定然有一味炸鱼块，乃是将鲤鱼或花鲢过油炸后储存起来，待下厨之时浇上调好的汤汁上锅蒸，也就是所谓的"蒸碗"。我平素不喜蒸碗，因为这种烹制方法不利于保留食物的本味和质感，但是正如袁枚所说，在日常烹调中不得不有点"急就章之法"，否则食客满座，席上萧然，颇令主人难堪。蒸碗当然算是一种"急就章之法"，瓦块鱼算不算呢？或许也是算的，如此说来，倒是厚德福的那种精细做法，失了瓦块鱼的平民吃食之本色了。

在山东喝啤酒

十几年前初到烟台的时候，颇为当地喝啤酒的风气感到讶异，街边的大排档坐满了吃海鲜、吃烧烤的男男女女，人人操着一口掺杂了东北味儿的胶辽官话，桌上皆摆着十升一大扎或五升一小扎黄澄澄透着凉意的散装啤酒。烟台民风豪迈，三四个当地男子围坐一桌，一扎啤酒往往顷刻而尽，一顿饭下来，人均十升亦是常有的事，此种情形，在鲁西一带并不多见。更奇的是，烟台各高校的食堂里也常年供应散装啤酒，且取价甚廉，一厂啤酒（即烟台啤酒一厂出品的啤酒）一元两角钱一杯，二厂啤酒则只售八角钱一杯，其容量约莫在五百毫升上下，比之喝可乐、雪碧还要便宜，因之许多学生在食堂就餐时每每佐以啤酒一杯。前些年，烟台某大学校门口马路对面曾开有一家自助餐厅，以售卖铁板烤肉为主，每位收费二十元，食材粗糙，口味平平，好就好在有不限量的烟台啤酒提供，后来开了月余即以内部装修为名挂牌歇业，重新开业时已经改头换面成了面包甜品店，有好事者询其情由，告曰店里仅啤酒一项便收不抵支，然而若不开放啤酒供应，却又无法吸引食客，只好关门了事。

何以胶东人特嗜啤酒？这个问题似乎并不容易解答。人们或以为是青岛啤酒的畅销带动起了胶东半岛喝啤酒的风气，其实整个山东省，多数地区皆有其本地的啤酒厂和啤酒品牌，如济南的趵突泉啤酒、泰安的泰山啤酒、临沂的银麦啤酒、威海的威海卫啤酒等皆是，虽然近年雪花啤酒勃兴，到处可见"勇闯天涯"的影子，但就山东一省而言，本地啤酒仍占优势，这并不是什么地方保护主义的心理所致，而是与啤酒自身的特性有关——你只有在距离出产地较近的地方，才有可能喝到鲜度最高的原浆啤酒和散装鲜啤酒。

原浆啤酒和鲜啤酒不同于我们通常所说的熟啤。原浆者，指的是未经任何杀菌处理的发酵啤酒原液，倒入杯中，其色浑浊，酒液似也略有黏滞感，泡沫细腻如奶油，入口醇厚，香气馥郁，这种啤酒营养最为丰富，称之为"液体面包"并不为过。原浆啤酒的局限在于其保质期短，以出厂时间计，通常只有七天的保质期，所以要喝到这种啤酒，最好是在酒厂附近区域，近年物流运输越来越发达，也有网购原浆啤酒者，如青岛原浆啤酒一升装的，要卖到五十到八十块钱，价格昂贵且不说，重要的是，长途颠簸，亦不免有损于原浆啤酒本身的口感。山东另有一种"泰山原浆"，如今行销各地，颇受欢迎，甚至被有些人推为"国产最佳啤酒"，但必须注意的是，泰山原浆分多种，保质期为七天的，口感最佳，是真正的原浆啤酒，至于保质期长达半年的，可想而知，也是经过了某种杀菌处理，勉强只能算作"自然浑浊型"啤酒罢了。胶东男人多有嗜饮原浆啤酒者，视他种啤酒如泔水，这大概是因为习惯了原浆啤酒浓郁、醇厚的口味。我在烟台时曾识得一壮汉,每次去吃大排档,必先点三个烤馒头,三十串烤五花肉,三升原浆,一个烤馒头劈作两爿,将十串五花肉夹在中间,就着大杯的啤酒且吃且饮,不出十分钟,便全部下肚,但这还只是一餐饭的开场,美其名曰"垫垫底儿"。后来我离开山东到了江苏,便再难看到如此畅快的吃喝。

有人以为鲜啤酒与生啤酒是两种物事,这大概是混淆了普通生啤与纯生啤酒的区别。普通生啤即鲜啤酒,它与原浆啤酒一样,未经杀菌处理,保质期只有七天,人们所艳称的青岛随处可见的那种塑料袋装散啤酒,便是此类,而各地饭馆中均可见到的瓶装"纯生啤酒",虽未经杀菌,却已通过严格的过滤程序而达到了杀菌的效果,因此保质期可长达半年,但是,从口感上讲,瓶装的纯生啤酒显然不及散装的普通生啤。山东人既嗜啤酒,各地又都有啤酒厂存在,要喝到刚出厂的鲜啤酒,并不是什么难事。吾友王某,以长途客运为业,每天周转于濮阳、济南两城之间。某日傍晚自济南归,携得趵突泉鲜啤一桶,约莫十五升上下,于是呼朋引类,在一家驴肉馆小聚。因是刚出厂的缘故,啤酒接满一杯,尤带寒气,喝一口下去,果然鲜爽,惜乎啤酒只有一桶,喝酒的人却有八个,大盆的炖驴肉刚端上来,桶里就已空空如也了,无奈之下,只好再索瓶装啤酒一打,结果喝得索然无味。后来王某放弃客运事业,改做桶装鲜啤代销,竟得发达,而促使他萌生改行之念的,就是当年那一桶由济南带回来的啤酒。

据唐鲁孙说,英国诗人威廉傅汉日常以熟啤酒代替茶或咖啡，生啤酒却绝不沾唇，可见也有嗜熟啤酒胜于生啤酒之人。但是，我读了这一掌故，颇疑心是其所喝啤酒较为优质的缘故，尤其是英国所产的某些艾尔啤酒，确实浓郁醇厚，回味悠长，比之鲜啤酒并不逊色。至于我们国内惯常所能喝到的工业拉格，如雪花勇闯、普青之流，或入口酸涩，或清淡寡味，以之代替茶或咖啡，那就未免荒唐了。自离开山东以后，要喝到散装的鲜啤酒，已是十分难得，郑州一到夏天满街都是烧烤、扎啤，但是其所谓扎啤者，往往是加了碳酸气甚至掺了冰水的熟啤酒，刚入口甚是清爽，喝完却无回味，若掺的是生水，有时喝了还要闹肚子。太原人极嗜汾酒，爱喝啤酒的却不多，这从山西本土啤酒品牌的弱势即可看出——山西有一种杏花村啤酒，也是汾酒酒厂所出，但此种啤酒即使在太原的大型超市里都难得见到，随处可见的仍是雪花、青岛。太原城北有一家日料馆子，某日我与朋友路过，信步踱入，见有散装的朝日生啤提供，就着芥末章鱼、炸猪排等，每人连饮四大杯，鼓腹而出，才约略找回了当年在山东喝啤酒的感觉。

朝日啤酒在山东的销量不佳，这大概是由于当地啤酒品牌较为强势的缘故，唐鲁孙曾述及抗战时期日本借助侵华之机开展商业攻势，将株式会社出品的太阳牌啤酒推广得连偏远村庄的小卖铺里都绝不断货，却总不及双合盛的五星啤酒口感怡人。所谓太阳牌啤酒，可以算作朝日啤酒的前身，1916年至1945年这近三十年时间里，日本人曾经营青岛啤酒厂，所以民国时期市面上常见的太阳牌啤酒，多是青岛啤酒厂所生产，其口味据说也与青岛啤酒颇为相近。而双合盛的五星牌啤酒，现在似乎已与青岛啤酒合资，虽然仍在生产，市面上却难得见到，我曾通过网络渠道购得一箱，味道并不出奇，不知是不是品质发生了退化。当年双合盛啤酒厂所用啤酒花产自捷克，负责生产的技师尧西夫·格拉也是捷克人，推想其口味，应是与捷克产的淡色皮尔森啤酒相近，苦味度和麦芽香味均甚浓郁。

近年精酿啤酒崛起，各大城市均可见到打着精酿啤酒招牌的餐吧或酒吧，比较讲究的饭馆里也都有自酿的啤酒出售，价位大都不低，一升啤酒要卖到五十至八十块钱，品质却是良莠不齐，尤其是酿造过程不易掌控的艾尔啤酒，更是如此。我曾在济南某精酿酒吧品尝过其自酿的IPA啤酒，入口沉滞，回味竟有些发酸，着实不敢恭维。另有一些精酿酒吧，在基本的质量把控上都不能过关，其所酿啤酒，稍饮几杯，便口干头痛，这就更是等而下之了。总的说来，我以为，在国内的大环境下，选择啤酒仍当以大厂出品的原浆、鲜啤为上，如若想要领略更多的口味，也可选择各种进口的瓶装啤酒，小作坊生产的精酿啤酒在技术上尚不成熟，仍须假以时日。

喝啤酒必须冰镇，因为啤酒有其特定的适宜温度，过此则味道酸涩，不堪入口。这本是常识，然而无论是在山东、河南、山西，还是在北京、上海、江苏，都有大把大把要喝"常温啤酒"的人，许多饭馆为省电费，也往往只在盛暑时节才提供冰镇啤酒，甚至某次我在太原某面馆见一中年男人索雪花纯生两瓶，因是寒冬腊月，竟要求服务生"热一热"，真不知加热后的啤酒是何种风味。其实若不习冷饮，大可改喝白酒、黄酒、红酒或米酒，啤酒而不冰镇，有如煲汤不放盐，实在了无意趣。相对而言，胶东人对冰镇啤酒的接受度、适应程度，都要高一些，这大概与他们习惯喝刚刚出厂、温度很低的散装鲜啤有关，只是凡事有度，纵情豪饮总是不好。十年前我在烟台时，常与朋友去一家肘子砂锅店聚饮，该店老板是本地人，生得膀大腰圆，性情十分豪爽，凡有来店喝酒的客人，必手擎足有五百毫升的一大杯生啤至其桌前，稍一碰杯，便汩汩饮尽以示敬意，每每我们一顿饭下来，眼见他已喝掉二三十杯啤酒，仍面不改色，只肚腹鼓起而已，凭了这一手本事，他的饭馆常常座无虚席。去年我因事去烟台，又找寻那家砂锅店，只见店面依旧，老板却已换了一个二十出头的年轻人，问之，才知当年的老板便是其父，五年前已因肝疾卒，年才四十，思之令人忽忽不乐。

米粉与米线

以前在北师大读书时,颇厌学校食堂的拥挤,幸喜食堂旁边有一家小小的桂林米粉店,虽然也是坐客常满,但好在不必踩着饭点去。我总是在下午四点半左右的时候,离开图书馆,踱步到那家小店,若是在冬天,彼时正值太阳落山,一路穿过校园,头上是盘旋的群鸦和光秃秃的树枝,道上是懒洋洋的行人,店里空荡荡,索一碗酸豆角米粉,加上浓郁的辣酱,吃得满头冒汗,十分饱足。说起来,那家米粉店的口味也只平平,但事关记忆,与过去的时光搅拌在一起,也就格外的让人惦念。

米粉一物,在北方原不多见,但在南方大概只是寻常吃食,到处都有,前面所说的桂林米粉,不过是其中一种罢了,其他如绵竹米粉、兴化米粉、会昌米粉、长沙米粉或潮汕米粉,也都各具特色。然而要吃到正宗的桂林米粉,大概也十分不易。桂林米粉的妙处,一在卤水,二在主料和配料,据说上好的卤水需用牛筒骨熬汤,另加二三十味调料制成,配料包含酸豆角、黄豆、酸笋、辣椒等物,主料中更有一味"锅烧",亦即小火油炸而成的猪颈肉,香而不腻,风味绝佳。北京寻常的桂林米粉店里,卤水、主料、配料均极寒酸，米粉也往往非当日所制，至于老饕们所艳称的马肉米粉，更是难得能遇到。梁羽生在《广陵剑》中曾写葛南威、陈石星在桂林吃当地的马肉米粉，描摹细致，煞是动人：

> 只见那盛米粉的碗只有茶杯大小，碗中的米粉也与他们习见的米粉不同。（一般米粉是扁平的长条，桂林米粉则是圆形的长条。）云瑚笑道："原来是一口可以吃掉一碗的，怪不得食量大的人可以吃三四十碗了。"杜素素说道："这米粉也很秀气。"吃了一口，只觉马肉甘香，米粉韧滑，汤水鲜甜。果然十分可口。她本来是捏着鼻子的，此时也吃得眉开眼笑了。
>
> 吃马肉米粉的规矩，客人不叫停止，伙计就得川流不息的送来，陈石星要了一壶三花酒，和葛南威对饮。不多一会，他们桌子上的空碗，已是叠得像小山一样。

如此川流不息地送，川流不息地吃，最后几个人总共是吃下去九十八碗——对于吃桂林马肉米粉而言，这并不是一个十分惊人的数字，我曾听一个长期在桂林工作的朋友说，他们八个同事相约去吃马肉米粉，创下一顿吃掉二百八十七碗的记录。究竟马肉米粉好吃在哪里呢？中国各地以马肉入馔者很少，不独因为马与人类的情谊及其运载功能，也因马肉本身味酸而质柴，若烹调不当，更是容易肉质发硬。黑河嫩江一带气候苦寒，至今仍有吃马肉干的习惯。我曾尝过一次，说不上出色。而桂林马肉米粉中的马肉之所以好吃，大概是由于其特殊的腌制方法。这种腌制方法使得马肉本身的酸味被压制，甚至还微带甜意，当然，也只有选用上好的马肉，才能保证口感。据当地老饕讲，真正懂得吃马肉米粉的，首重在汤——必须是用马骨长时间熬制出来的清汤，其次，马下水更胜于马肉。虽说现在各地饮食文化趋于融合，一线大城市几乎无物不有，无味不具，但出了桂林，要吃到马肉米粉，还是很不容易，我只在广州越秀区的一家小馆子里吃到过一次。如此美味，不得普及，不知是何缘故。

潮汕一带有所谓粿条者，也是米粉之一种，此种食物在闽粤、台湾、南洋极为普遍，其地位有如面条之于华北、西北。我有一个朋友，常年居住在马尼拉，对当地食物没有什么喜好，日常饮馔不过两样，一是啤酒，二是粿条。啤酒是当地的红马啤酒，这是种烈性啤酒，据他讲口感颇为刺激，用通俗的话说，就是"杀口"；粿条则是出自福建手艺（在菲律宾生活的福建人极多），以番茄汁或咖喱汁炒食之，另加福建鱼丸数枚，就这样，一瓶啤酒，一盘炒粿条，便是一顿饭，日日如此，也不觉厌烦。潮州的牛肉粿条最是有名，懂行的食客一定会选择吃生灼牛肉，取其入口的质感，但此种吃法对于食材的要求必高，寻常牛肉，怕是不行。据说泰国潮汕人极多，其当地所烹制的牛肉粿条与潮州差异极小。蔡澜曾提到过一种艇仔粿条，似乎不错，只是卫生状况堪忧。

虽然近年来随着南北饮食风气的融合与人口的流动，米粉、米线已是到处可见，但总的说来，北方人对此两种食物的感情不免还是浅一些。周作人谈论南北点心,以为其最大差异是在北方人吃点心为的是充饥,南方人则视点心为闲食,绝不指望其能果腹,这大概说得是实情,因为许多北方人不喜米粉、米线的一个关键理由即是"吃不饱"。如今北京流行的"云南过桥米线",多数只能算是"半过桥",端上来的,是一只滚烫的砂锅,食客所需的种种主料、辅料,都是提前煮进锅里,按价格可选一荤几素、两荤几素等,米线亦是按份添加,每份皆事先煮好,售价三块钱,分量不大。数年前北师大北门附近有家云南米线——也是"半过桥",但是其好处在于汤、米线、主料都十分考究,特别是米线,仍用的是"酸浆米线"的老法子制作,比之寻常米线店里所用的工业化批量生产的"干浆米线",口感更有弹性,更兼有一股清香之气。曾有位来自山东的同学,到这家店用餐,一口气竟连加十一份米线,传为笑谈,然而后来向他询及此事,他只憨厚地笑一笑说:"米线不顶饥。"

制作"酸浆米线"一则程序复杂,二则需用特殊的"桂朝米",这种米黏性甚足,用来煮饭口感不佳,制作米线却最是合宜。之所以称之为"酸浆",大概是因为在制作这种米线之前要先将大米发酵处理,入口略有酸味,其保质期也不超过五天。如今寻常米线店里所用的米线大都是干浆米线,要吃到酸浆米线已是十分不易,这或许也是近年来米线口味倒退的一个主要原因。至于有人以为米线本身无甚差异,重要的是在那一碗鸡汤以及主料的新鲜度、刀工等,这恐怕就是外行之见了。

除却专门的云南馆子外,华北各地常见的米线店大约只有两类：一类是前面所说的"半过桥"砂锅米线，此类米线大都冠以"云南过桥米线"之名，然而主厨师傅却未必是云南人，可能来自河南、安徽，也可能来自浙江、福建。据说有个昆明人到北京开出租车，中午歇班必以米线一碗充饥，然而吃遍了北京街头的"云南过桥米线"，竟未有一次吃到真正"过桥"的米线，于是愤而抛弃开出租车的事业，回乡苦学技艺，一年后返京开了家过桥米线馆子，虽定价稍高，但在制作细节上一丝不苟，米线是自制的酸浆米线，汤是用整只老母鸡加宣威火腿煨的鸡汤，且是用鹅油封面，香气清醇——须知绝大多数号称正宗的过桥米线皆是用鸡油封面，因为鹅油的成本高出甚多。如此精工细作，数年过去，竟得发达。另一类在北方常见的米线，可称为"快餐式米线"，这类米线大都不是由专门的米线店出售，而是与凉皮、米皮、土豆粉、担担面、牛筋面、夹肉饼、麻辣烫等小吃同店售卖，所用米线是批量生产的、易于储存的细如挂面的干浆米线，其风味也大同小异，只是我在云南并未见过此种米线，近年各地都兴起"融合菜"，大概这种快餐式米线也是融合之后的产物吧。

的确，过桥米线是昆明菜的代表作。直到现在，言米线而必曰"过桥"，仿佛不"过桥"就不能算作正宗米线，也差不多成了众多食客的一个潜在的心理定式。其实，过去云南许多地方地瘠民穷，等闲人吃不起过桥米线，平头百姓常常吃的，是小锅米线。小锅者，指的是米线不宜大锅煮食，一锅只出一碗，才能保证口味。汪曾祺以为吃小锅米线是昆明人的讲究，实则不然，小锅米线源出玉溪，玉溪当地有一个"米线节"，节日期间家家户户均以小锅米线宴客，现在俨然已发展成大型的美食文化节，有所谓"一套八小碗"的说法，指的是八种小锅米线。汪曾祺曾提到的焖鸡米线（实即焖肉米线）、爨肉米线，皆在其列。在北方要吃到品类繁多的小锅米线并不容易，以前我在北京读书时，常去文慧园附近一家大理人开的小馆子。这家店自制的米酒、乳扇、饵块，以及砂锅鱼、烤罗非鱼，都很不错，尤其值得一提的是售价八块钱一碗的凉鸡米线，酸辣鲜香，鸡肉肥嫩，米线有筋骨，盛暑时节，食欲不振，以这样的一碗米线作为午餐，实在比凉皮、米皮、凉粉等物更能提起胃口来。

开封十余年前有一家米线馆子，专做正宗的过桥米线，从米线、鸡汤到主料食材，都甚是讲究，腰片、鸡片、里脊肉片、乌鱼片、鱿鱼片，片得飞薄，整整齐齐在一个大圆盘子里码作一圈，也正为如此讲究，价格便始终居高不下，当时开封夜市上一碗砂锅面仅售三块钱，而这家馆子里一碗最便宜的过桥米线也要二十几块。开封人吃东西，颇有点两极分化的意思：要么是图实惠吃夜市地摊，开封夜市天下闻名，有的是各种各样的特色小吃；要么是到大酒店里吃宴席，环境好，也体面，尤其是宴请比较重要的客人，更是非如此不可。米线一物，在开封人眼里近于小吃，以吃宴席的代价去吃小吃，自然是很没有"性价比"的，这家米线馆子开业三年，门可罗雀，本来已料定要关门歇业，可是老板脑子灵光，颇晓得变通之道，竟将米线馆子改为火锅店：原有的熬制鸡汤、骨汤的技术直接用于制作火锅汤底，腰片、鸡片等变为涮品，至于米线，则俨然成了该火锅店独一无二的特色，凡到该店用餐的饕客，饱餐了牛羊鸡肉、鱼片腰片肚片、蔬菜菌类豆腐之后，必点一盘自制的酸浆米线，仿佛没这盘米线，这餐饭就不得圆满。自改为火锅店后，乘着那几年饮食行业里面火锅崛起的东风，该店每日食客盈门，只在近几年才被新兴的连锁火锅店挤了下去，但老板早已赚足资本，到大洋洲某岛国安度余生去了，这也算是米线行业里的一个异数吧。

谈谈"急就章之菜"

郑板桥家书中有句话："天寒地冻时暮，穷亲戚朋友到门，先泡一大碗炒米送手中，佐以酱姜一小碟，最是暖老温贫之具。"泡炒米是一种便于急就的吃食，在扬州、镇江、泰州一带颇为常见，有人以为这种炒米类似爆米花，是放入一个密闭容器内高温高压制成的，其实不然，对此，汪曾祺的《炒米和焦屑》一文中曾有细致解释，这里不必赘言。大概每个地域都有其特定的便于急就的吃食，袁枚的《随园食单》虽满纸俗气，但有一节却说得颇为隽妙："若斗然客至，急需便餐；作客在外，行船落店；此何能取东海之水，救南池之焚乎？必须预备一种急就章之菜：如炒鸡片、炒肉丝、炒虾米、炒豆腐及糟鱼、茶腿之类，反能因速而见巧者，不可不知。"此处所谓"急就章之菜"，不难理解，指的是匆忙间能够拿得出的、对周边条件要求不高的菜品。由袁枚的文意推断，还可细分为两种：一种是速成菜，另一种是现成菜。这里只说速成菜。

最常见的速成菜自然是简易的炒菜，如炒豆芽、炒肉丝、炒豆腐之类，这些不在本文讨论之列；时下流行的一些速食品，如香肠、培根、方便面、速食汤等,也不在本文讨论之列。这里要谈的,是一些更具乡土性、地域性的吃食。

蒸菜在河南、山东是比较专门的一个名词——这里的"菜"专指菜叶,且大都是平常不吃的,如红薯叶、莴笋叶、芹菜叶、南瓜叶及种种野菜。曾有朋友到河南游玩,听当地人念叨蒸菜,以为是湖南的那种"小碗蒸菜",及至吃到口才恍然大悟,原来这是两种东西。河南的蒸菜算不上是什么地方特色,说穿了,这是一种"穷人菜",诸如前面提到的红薯叶、南瓜叶等物,原是弃而不用的东西,仍然捡回来想法子吃掉,不是因为馋,是因为饿——过去哪怕有白菜、黄瓜、冬瓜、豆角之类蔬菜可吃,谁会去吃那些菜叶子呢?但是,穷时候养成的习惯延续下来,也就有了"蒸菜"这种吃食。蒸菜的做法,是将拣择好、洗净的菜叶用玉米面(也有用白面的)搅拌,再掺以盐、香油等佐料,上锅蒸熟。出锅或拌以蒜泥,或加点辣椒油。蒸菜因蒸好后便于存储,想吃时随时取出稍事加工即可,既可算是速成菜,也可说是现成菜,它不是什么美味,但若选材得宜、烹制得法,还是颇能勾人馋涎的。以我有限的经验来看,最宜于用来制作蒸菜的,是一种北方常见的野菜,学名叫作麦瓶草,也就是通常所说的面条菜或扫帚菜。面条菜在华北的麦子地里随处可见,常常会被耕种者当作杂草给除掉,这种野菜只在幼嫩时可吃,稍老便苦涩不堪,豫北、鲁西一带的小饭馆里多有现成的蒸面条菜售卖,但不见得都能做得可口,如菏泽、济宁等地的蒸面条菜喜欢放大量蒜泥,那种滋味,南方人恐怕不敢领教,倒是濮阳有些地方舍蒜泥不用,反将蒸好的菜再入锅加猪油、辣子稍微翻炒一下，吃起来香气馥郁却又毫不油腻。

东北的乱炖，在冀南、豫北叫作熬菜，所用食材有些差别，就各自所承担的角色而言，也大不相同。乱炖在东北是主菜，故而花样甚多，有所谓"八大炖"之说，熬菜在冀南、豫北却不过是一种"应急菜"，只在人多口杂、仓促间无所措手或者图省事的情况下才吃，所以多半仅以大白菜、粉条、豆腐、猪肉片、丸子为主要食材，没什么变化。濮阳乡间凡有盖房子之类的事宜，请工人来干活，除每日照例的"日薪"外，在烟酒伙食方面，也有个统一的标准，酒通常是简装的牛栏山二锅头或沱牌大曲，烟在过去是"喜梅""芒果"或者"琥珀"，现在则是"红旗渠""帝豪"或者"将军"，至于伙食，多半是熬菜、馒头。有一次我在范县小住，所住房屋后面的住户恰好在施工，约有五六个工人，户主每日中午、晚上各管一顿饭，午饭熬菜馒头，晚饭再以中午吃剩下的熬菜作卤拌面条，虽只五六个人吃饭，但熬菜足足有一大锅（约莫三尺直径），上面飘着一层五花肉片，下面是层叠的白菜、豆腐、粉条，到吃饭时，工人们各自端着大海碗围到锅前，每人一碗熬菜，三五个馒头，又或者用铁皮桶提来一桶煮好的面条，也盛在海碗里稀里呼噜地吃，吃完用面汤涮涮碗，几口喝下肚去，如此景象，虽然粗朴，却让人记忆深刻。现在河南、河北、山东的饭馆里，多有熬菜或大炖菜出售，取价甚廉，但往往有拿隔夜剩菜回锅杂烩者，口味既不甚佳，卫生状况亦是堪忧，说到底，应急菜仍以不失应急本意为妙，若专门跑到馆子里去吃，反而无趣。

华北一带的蒸碗与湖南、广东的蒸菜都不同。就本来宗旨而言，华北的蒸碗，湖南的蒸菜（比如最有名的浏阳蒸菜），均属应急菜，其性质颇近于宫廷里所谓的"温火膳"——为了仓促间能够端得出来，一应主要食材均是经过提前加工，烹制之时，只需稍加佐料上锅蒸热即可。广东蒸菜则是着眼于养生，因为以"蒸"的方法烹调，最宜于保持食物自身的营养成分不致流失。如今湖南蒸菜已然蔚为大观，我曾在北京的一家浏阳蒸菜馆子就餐，见其蒸菜品类竟有五六十种之多，有的菜还要经过三蒸之后，方能上桌，这显然已远超出"急就章"的范围，倒是河南、山东的蒸碗，还能保留一些本来面目。蒸碗在华北虽是应急菜，等闲却也并不容易吃到口，要到春节前后，或家有红白事之时，才会列入食谱，饭馆子里也有售卖蒸碗的，如郑州的烩面馆子，除主食烩面之外，所售菜肴无非两种：一种是凉拌菜，如拌菠菜、拌黄瓜、拌粉皮、拌耳丝、拌牛肉之类；另一种则是蒸碗，有黄焖鸡、带鱼、扣肉、豆腐、丸子等。这是颇经济的一种做法，一则烩面馆子客流量大，近于流水席，每天所有凉菜、热菜一次性做好，售罄即止，多数时间只需几个做面的师傅忙活即可；再则，相较于寻常的"温火膳"，蒸碗更易保留食物原本的质感，如蒸碗中的鸡、鱼、酥肉等物，皆是经过油炸处理，其表面仿如形成了一个保护层，久蒸之下，亦不致松散或软腻。

蒸碗算不得什么珍馐美味，也很难说是哪个地方的特色，举凡河南、山东、河北、陕西、湖北、湖南、四川等诸省，地方上都有以八大碗、九大碗或十大碗为名的饭馆，彼此间大同小异。车辐曾提到过川菜中的"肉八碗"，诸如红烧肉、姜汁鸡、烩酥肉、粉蒸肉、夹沙肉、蒸肘子等，且不说吃，只听名字就觉得肥腻不堪，然而蒸碗大抵宜肉不宜菜，试想如果将白菜、菠菜、萝卜、西兰花等物浇了浓汁上锅久蒸，那口感、味道多半不会好到哪里去，而即使是蒸豆腐，也需先将豆腐油炸才行，所用豆腐，亦以致密、坚实的北豆腐为佳，使用石膏液做成型剂的南豆腐是不合适的。

熬茄子在鲁西一带属于地道的平民吃食，其地位大概只比蒸野菜稍微高些，原因也很简单，在当地菜市场上，茄子、萝卜、白菜是售价最廉的三种蔬菜，相对而言，茄子又比萝卜、白菜更能顶饥下饭，所以尤为平头百姓所钟爱。汪曾祺有篇小说《晚饭后的故事》，写战争时期物价飞涨，戏子们生活不易，"有人唱了一天戏，开的份儿只够买两个茄子，一家几口，就只好吃这两个熬茄子"。可见茄子在哪里都是廉价菜。熬茄子到处都有，但做法不一，吉林有所谓"鲇鱼熬茄子"。当地谚语云："鲇鱼熬茄子，撑死老爷子。"鲇鱼本身多油，熬茄子又需放大量油，过去平民伙食少油水，得此一味，吃到"撑死"，大概也是可以想象的。河北有土豆熬茄子，以土豆和茄子搭配，大概也是取其"顶饥"。梁实秋曾写过北方常见的熬茄子，"煮得相当烂，蘸醋蒜吃"，这在豫北叫作"蒜泥茄子"。鲁西的熬茄子是别一种物食，在定位上似乎介于主食、菜肴、羹汤之间，茄子要先切块，蘸上用面粉、椒盐、鸡蛋加水搅拌成的糊糊，下油锅煎得两面金黄，再加大量的水熬煮，出锅时浇香油，洒切好的香菜末。因为茄子常常是事先煎好的，熬煮之前稍一过油即可，所以也可算是一道可用于应急的速成菜。按照"荤菜素做，素菜荤做"的道理，煎茄子所用的油自以猪油为宜，其味道远比用花生油、豆油来得香浓。阳谷县曾有个饭馆售卖熬茄子，三块钱一大碗，另加两个当地特产的大馒头，无论怎样的大肚汉，吃下去这些都该感到十分饱足了，只是这家饭馆煎茄子是用羊油，嗜之者以为无上妙品，不能接受羊膻味的，则闻之掩鼻。

鸡蛋茶里当然没有茶。过去华北乡民生活寒窘，仓促间需要招待远客，差一点的，是端一碗红糖水，好一点的，就是冲一碗鸡蛋茶，也有些地方，比如郑板桥曾做过官的河南范县（现隶属于濮阳市，与山东交界），当地习俗，是以红糖水荷包蛋待客——如果还嫌不够隆重的话，那就放两个荷包蛋。我幼时随伯父下乡，尝过一次这种糖水荷包蛋，那味道着实不敢恭维，但套用汪曾祺的话，这在旧时已算是"惯宝宝"才能常常吃到的东西，持以待客，厚意可感。鸡蛋茶其实就是开水冲鸡蛋，冲之前鸡蛋要打碎搅匀，之后还要滴几滴芝麻香油，糖、盐、酱油、味精等佐料一概不用，这样不甜不咸的一碗汤水端上来，喝到嘴里自然没什么滋味，不过是取其营养、方便罢了。阳谷县有家偏僻的早点摊，只经营鸡蛋茶、包子两种早点，包子是普通的牛肉粉条馅包子，那碗鸡蛋茶却是用整鸡熬煮出来的鸡汤沏就，上面除香油外又洒了些许虾米皮，数年前我在阳谷小住时，距此早点摊很近，每日早餐以一碗鸡蛋茶、两个包子果腹，吃得心满意足。近年有注重养生者,在鸡蛋茶上弄出了许多花样,如阿胶鸡蛋茶、蜂蜜鸡蛋茶、杏仁鸡蛋茶、莲子鸡蛋茶等,这些新花样到底有没有养生的作用且不说,就其制作过程而言,显然已经失了"急就章"的本意了。

粤菜在鲁西地区的兴起与衰落

既然把区域限定在了鲁西,那么说粤菜之前,先说说鲁菜。鲁菜为四大菜系之首,又向来在宫廷菜中占据着重要位置,查清廷宴饮菜谱,除少量的清真菜之外,多数皆属鲁菜。过去北京最有名的饭馆子,如东兴楼、泰丰楼、新丰楼、丰泽园等,也都是以鲁菜为主。就山东一省的范围而言,鲁菜又可分为东、中、西三个分支,分别照应的是胶东菜、济南菜、运河菜(一说为孔府菜,但孔府菜多供宴席之用,于鲁西民间饮食影响甚微)。胶东菜口味稍清淡,多海鲜。济南菜在北京流布最广,如糖醋鲤鱼、芙蓉鸡片、葱烧海参、九转大肠、糟熘丸子等,都算是济南菜,若北京人初到济南,在饮食口味上大概极易适应,我曾在济南老城芙蓉街附近吃过一家爆肚儿,选材的精细、火候的把控、酱汁的调配,均胜过了之前在北京常吃的几家,取价亦甚低廉。运河菜是另外一路,老饕说起运河菜系,每盛称其融贯南北,集众家所长,其实自清末黄河改道以来,漕运既废,鲁西地区又沦为黄泛区,当年的盛况早已不再,自德州、聊城至菏泽、济宁、徐州,饮食风气相近,大率以粗朴厚重为特色,如济宁的甏肉干饭，甏指的是一种器皿，甏肉近于炖肉，不过更入味、更酥软些罢了，以甏肉就大碗米饭，很过瘾，但说不上别致；又如徐州的地锅鸡，源出微山湖一带，其实就是铁锅炖鸡，比之寻常炖鸡，汤汁较少，味稍浓郁，差异并不大。

也正为鲁西地区饮食粗朴，寻常菜肴如炖鸡、炖肉等上不得高档宴席，而济南帮、福山帮的种种精致菜品又似乎难以推广——至少我在聊城、济宁、菏泽等地没有吃到过一餐地道的济南菜或胶东菜，这就为粤菜的兴起提供了一个可乘之机，再加上二十世纪九十年代广东经济崛起，粤风盛极一时，学说粤语，唱粤语歌，看港片，到广东去招商或打工，都是时髦之举，吃粤菜自然也不例外。

粤菜同样有三大分支，客家、广府、潮汕，九十年代最早传入鲁西的是哪一分支，似乎很难说清楚，当时人们对粤菜的理解，"生猛海鲜"四个字足以尽之，这种理解与深圳光怪陆离、诱惑危险并存的形象一起，建立起了鲁西人对南方、对经济发达地区的一种想象。比较能够确定的一点是，对于鲁西许多偏僻地方的人而言，是粤菜首先打开了他们的视野，让他们了解到什么是"高档宴席"，以鲁豫之交的某县为例，直到一九九二年前后，当地还只有一家稍微像样的、能够承办宴席的饭店，老板兼主厨是县委大院退下来的伙房师傅，退休生活无聊，又想为子孙积累些钱财，于是就开了家饭店。因为是头一家，也因老板多年积累下的人脉关系，饭店生意火爆，其拿手菜炸丸子、炒鸡块、熘肉片等，更是成了一时名菜，后来随着粤菜的传入，县里第一家粤菜馆子开业,情况才有了些许变化。

最初在鲁西开起来的一批粤菜馆子,其实很难说得上正宗,主厨大都是去广东闯荡一番又回来的本地人,所烹制的菜肴在口味上往往鲁粤难辨,比如菏泽某家粤菜馆子,有一道招牌菜是萝卜牛腩,此菜原是应当用白萝卜(讲究些的最好是用潮汕产的白萝卜,或者至少是江南产的,华北所产白萝卜质地粗而味辛辣,并不合用),却被换成了胡萝卜,炖制方法也几近鲁菜里的"红烧",所以,尽自打着粤菜的招牌,内里仍是鲁菜的底子。这种"融合型"粤菜在当地兴盛多年,好在正宗粤菜"尊重食物本味"的特点向来很难为多数山东人所接受,因此也就相安无事。就实际情况而言,九十年代的鲁西人吃粤菜,吃的是体面,是奢侈感,至于口味正宗与否,倒并不重要,只是在食材上务求新奇,仿佛一餐酒宴中若无一两样稀罕菜品压阵,便愧对环坐的众宾客。

蛇锅是当时常见的一道压轴菜,举凡上了百元的包桌(一九九五年前后,百元包桌已算得上是较为高档的宴席),最后都会有一味蛇锅。鲁西人并非如广东人一般对吃蛇有特别的钟爱,之所以每宴必有蛇锅,是因为这道菜不仅稀罕(至少在当时的鲁西地区算得上是稀罕),上菜的过程更带有某种表演性——通常是在酒宴进行到一半的时候,由厨师小心翼翼地手握一条活蛇来到餐桌前,现场剥蛇,并取出蛇胆放进最重要的客人的酒杯里,名曰蛇胆酒。伴随着剥蛇的,自然不免还有女宾们的惊叫声与主人的得意笑声,但剥蛇者似早已见怪不怪,只不动声色地动刀施为，我年幼时每见此场景，辄感好奇，常问其所剥之蛇是什么品种，有没有毒，毒性如何，剥蛇者却微笑不答，于是这也就成了我心中一个老大的谜团，久久不能消散。后来才知道，无论南方、北方，食用蛇最多的是滑鼠蛇，聊城、菏泽等地当年因食蛇之风兴起，从南方购入大量滑鼠蛇，有逃逸者，每流窜至巷尾院角，所幸这种蛇性情温和，并无伤人的事情发生，倒是有许多半大不小的孩子，每日手持棍棒麻袋，以捉蛇为乐，捉到的蛇如送去饭店，还可换得十元的零花钱。在我的印象中，蛇锅的口味平平，近于鳝鱼而略带腥气，吃到口中多少有点油腻，不知是厨子的手艺不佳，未能学得粤菜之精髓，还是我性不近此味。

与蛇同时进入鲁西人食谱范围的，还有甲鱼。过去鲁西人不太吃甲鱼，是因为与此物有关的禁忌甚多，《清稗类钞》中曾记载食鳖的诸般忌讳，如说鳖不能与苋菜、蕨菜同食，食则生血鳖之症；又如说"夏月多有蛇化为鳖者，宜戒之"，鲁西一带虽无此等具体说法，但乡人常谓"千年王八万年龟"，总觉得这是种颇有灵性的生物，食之不宜。吃甲鱼的风气传入鲁西，大约是在一九九〇年前后，此前鲁菜中虽也有黄焖甲鱼、红烧甲鱼等名菜，但大抵为济南帮所有，鲁西并不多见，而甲鱼本身滋味清隽，以黄焖、红烧的方法烹制，反倒遮盖了其固有的鲜味。鲁西人吃甲鱼颇受粤菜影响，以清炖为主，多掺以鸡肉块，讲究些的馆子还会加上点桂圆，只是广东人选择甲鱼不喜肥大多肉者，以"形如马蹄"的为上选，而鲁西人则吃炖甲鱼如吃炖肉，后来黄河甲鱼成为待客珍品，也是由于其体型远大于寻常甲鱼的缘故

——往往一只黄河甲鱼加一只老母鸡炖出一大锅来，便足供七八人食用了，食客中甚或常有以高庄馒头与炖甲鱼搭配同食者，与啖炖鸡无异，这种粗豪吃法，恐怕也非广东人所能想象和接受。

除蛇、甲鱼之外，其他如刺猬、蝎子、蚂蚁、鸵鸟蛋等，也都在这一时期进入鲁西人的食谱范围，有些奇特的菜肴或许在粤菜中都未必能找得到，但猎奇之风既起，也就如雨后春笋般纷纷冒出。莘县有家馆子曾推出刺猬羹，一时间食客云集，然而能适应其口味者寥寥无几，很快变得门可罗雀，冀鲁豫一带多有关于刺猬的离奇说法，纪昀《阅微草堂笔记》也曾记有猬精化为丑妇与少年媾和的故事，更有传闻说当地某中年男人因吃了刺猬而颔下生出棘刺，所以吃刺猬的风气在鲁西只是昙花一现，并没有形成气候。至于油炸蝎子、蒸鸵鸟蛋等，也是甫起即落，犹如一阵风吹过，没有留下什么印记，很快，这种猎奇的饮食风气就消歇下来，当地的食客们私下议论，颇以为今人取猪、牛、羊、鸡、鸭等为常吃的肉食，取白菜、萝卜、茄子、黄瓜等为常吃的蔬食，乃是祖辈几千年来积淀的经验，不必妄作更张。

随着饮食风气之回归常态的，还有大饭馆生意的逐渐萧条。唐鲁孙曾把老北平的饭店分成饭庄子、大饭馆、小饭馆三种：饭庄子有院落，有戏台，讲究些的还有亭台花园，专办各种红白之事、寿宴庆典，能一次性地承担起上百桌的宴席；大饭馆精致些，承办酒席最多不过十桌八桌，是朋友间饮宴聚会的场所，大都有主打的风味特色，或为济南菜，或为淮扬菜；小饭馆则不办酒席，只售小吃，此外还有老北平的特色"二荤铺"，也是小饭馆之一种。如果套用唐鲁孙的这种划分方式，则鲁西一带在一九九八年前后的饮食风气变化，可归结为"饭庄子—小饭馆"二元格局的逐渐形成：一部分实力较雄厚的大饭馆，逐渐演变为专门承接大型宴席的饭庄子，与此同时，这些大饭馆之前以粤菜相标榜的倾向也日趋淡化，除了保留下几道粤式的"硬菜"之外，多数菜肴仍回归本土特色；另一部分实力较弱的大饭馆，或者被淘汰、关门停业，或者拣择一两样拿手的小吃，如干炒牛河、肠粉等，缩减规模，变为小吃店，这些小吃店的发展状况如何，端赖其能否顺应本地人的饮食口味。

大排档传入鲁西，大约就是一九九七年、一九九八年间的事情，此前鲁西一带只有沿街小摊，或卖炸丸子，或卖烧鸡卤肉，或者是馄饨、砂锅面、烤羊肉串，食客若要多尝几样，就必须东买一点、西买一点，最后找家馄饨摊或面摊坐下吃，麻烦且不说，要紧的是有些小吃如糖皮丸子之类须趁热吃，如此东兜西转，几经辗转，其口味也就大打折扣了。大排档源出香港，指的是聚成堆的小吃摊，广粤之地，小吃品类极繁，其饮食行业又颇重家族性，极适宜大排档的发展，鲁西则不然，当地小吃本就十分贫乏，小吃摊主之间又彼此相斥，难于合作，这就导致大排档迟迟不能成型。最初进入鲁西的大排档，多数皆以"海鲜大排档"为名，以标示其特色，老板当然也都是曾经南下闯荡过一番的本地人。海鲜大排档的基本形式与广东无异，各种贝类、鱼类、虾蟹都用大盆或玻璃水箱盛放，鲜活与否，一望而知，食客可以任意拣择，其口味如何且不说，至少这种新鲜的、直观的形式,就足以吸引许多人。

鲁西的大排档只在夏季营业,大致在五月到十月间,其他时间或改营火锅,或者干脆摆摊售卖小商品,这与苏州的"藏书羊肉"店有些相似,所不同的,只是后者专于冬季营业。要在鲁西的大排档里寻得地道的粤式口味并不容易,曾有家大排档引入了潮汕地区的全蛋面,然而这种清淡的面食终于不能适应当地人的饮食喜好,很快被过水凉面取代。因此,若说鲁西与广东两地间的大排档有何关联的话,一是在形式的开放,二是在食材之注重海鲜。单说形式的开放,诸般食材都整齐透明、分门别类地摆放在外,这就让一大批注重卫生的食客得到了一种心理上的安全感。据说曾有位到济宁投资的广东商人,不习鲁味,接连几天食不下咽,某晚踱步到一家大排档前,见透明水箱中畜有活鳜鱼两尾,无人问津,询问之下才知乃是当日刚由微山湖中捕得,大喜过望,遂取出珍藏的豉油皇一瓶,命厨师整治鳜鱼上锅清蒸,除豉油皇外,只加姜丝少许,少顷端上,佐以生啤酒一杯,两尾鳜鱼,竟一鼓荡尽。厨师见而好奇,主动要求品尝,一尝之下,也觉滋味妙不可言,便向广东商人问询购买这种豉油皇的渠道,后来就增添了一道粤菜"豉油皇蒸鳜鱼",算是鲁西大排档里少有的地道粤味,无奈这道菜并不合当地人的口味,其销量竟远不如地锅鱼贴饼子,很快也就被老板从菜谱上划去,可见一个地域自有一个地域的饮食风气,勉强不得。

近年北方各地都开始出现港式茶餐厅,鲁西地区自然也不例外,在聊城、菏泽、济宁、泰安等地的繁华区域大致都有一两家乃至五六家茶餐厅，名字大同小异，或多或少都与香港有关，或名"旺角"，或名"湾仔"，或者直接就叫"粤港""香港"，等等。这些茶餐厅的装潢、环境大都不差，凡港式茶餐厅应有的一些典型吃食，如菠萝包、云吞面、牛腩粉、丝袜奶茶等，也基本都有。鲁西地区港式茶餐厅的顾客以女性为主，其所以如此，原因有三：其一，茶餐厅里多甜食，而鲁西男人大都对甜食不屑一顾；其二，鲁西男人好酒，而茶餐厅却大都以供应奶茶、果汁等为主，非纵饮之地；其三，鲁西男人食量甚豪，习惯了大盘大碗，而茶餐厅中的吃食却偏于精致小巧。

有内行的老饕曾说，要检验一家港式茶餐厅的手艺是否地道，关键看三样：奶茶、菠萝油、牛腩。奶茶口味要浓郁而有丰富的层次感，菠萝油要满足"酥香脆咸冻"五个字，牛腩不仅要炖得入味，更要兼有肉、脂、筋三部分。我按照这位老饕的说法去试验了几家鲁西的茶餐厅，竟无一家能够稍微靠近这几项标准，凡入得餐厅，但见食客盈庭，侍者身着白衣穿梭其间，各种吃食端上来，皆精致美观，而食客们也都不急于用餐，往往要等菜品上得基本齐全之后，拍照上传，附以文字，这才开始动箸，竟全然不顾有些菜品要趁热才好入口。这显然吃的不是口味，而是环境、外观。汪曾祺当年曾高呼"打倒工艺菜"，以为这种以视觉为主的烹饪方法乃是歪门邪道，但看今日的"朋友圈美食"种种，比之当年的工艺菜大概犹有过之。因此，港式茶餐厅的遍地开花，看起来仿佛是粤菜的再度兴起，究其底蕴，却实在应该算作是粤菜的衰落不振。粤菜的真谛在于"尊重食材"，其在鲁西的发展却以"发掘异味"始,以"博取眼球"终,这不能不说是很可悲的一件事情。

烧鸡·炖鸡·熏鸡

读古龙小说《霸王枪》，其中一节写到"饿虎岗"附近的"老山东馒头店"，这是家僻陋小店，招牌、桌椅都已被油烟熏得发黑，只有一人经营店铺，是个山东人，所以叫"老山东"，老山东蒸的馒头个头很大，卤的烧鸡味道也甚佳，"尤其是那碗鸡卤，用来蘸馒头吃，简直可以把人的鼻子都吃歪"。不知为什么，这段话读了让人垂涎，很想尝尝烧鸡卤蘸馒头是什么滋味。古龙写小说只在两件事情上能够胜过金庸：一是营造气氛，尤其那种江湖落魄、浊酒昏灯的气氛，为金庸小说所无；二是写吃，金庸《射雕英雄传》中虽对黄蓉的厨艺极尽渲染之能事，诸般菜品如"二十四桥明月夜""玉笛谁家听落梅"等，都别出心裁，但这实在是文人臆想中的美食，在老饕眼里，反不如古龙笔下的烧鸡馒头来得真切。

烧鸡源出鲁菜，以"老山东"为名，可见古龙对此并不陌生。如今烧鸡已是华北各地习见的熟食，河南滑县道口镇以"道口烧鸡"闻名，吾乡与道口相距不过一百五十公里，要吃到地道的道口烧鸡并不难，但说来奇怪，我自幼就不觉得烧鸡是美味，以前出门胡同口有一家烧鸡店，每日里杀鸡燀毛，气味扑鼻，更是让人提不起一点胃口。后来有次乘坐火车从郑州到苏州，甫落座就嗅到浓郁的香气，只见对面一个中年汉子解开油纸包放在桌上，赫然便是一只烧鸡，他又自背包中取出一瓶牛栏山二锅头，手撕烧鸡，对瓶喝酒，且吃且饮，不过半小时工夫，烧鸡和白酒就全都下了肚，稍事清理后，这汉子便仰头呼呼大睡，鼾声如雷，一路睡到了苏州，如此心宽体壮，着实令人羡煞。经了这件事后，我才对烧鸡有了一点兴趣。

烧鸡一定要刚出锅的才好吃，半日之后，肉的质感、香味，即有不小的变化；若存放一日，则香气渐去，之前为香气所掩的鸡腥味就会丝丝渗出，肉质亦开始发硬。常有食客光顾烧鸡店，一次性买七八只回去，存放在冰箱里慢慢享用，这实在是懒人的将就办法，真要领略烧鸡的意趣，断不能行此下策，最好是向老板提出要求，只买出锅两小时之内的——多数烧鸡店都时刻保有一定量的存货，除非执意要求，否则老板不会给你新鲜出锅的烧鸡。不同的烧鸡店，乃至不同地域烹制出来的烧鸡，其口味都有区别，譬如道口烧鸡要比德州扒鸡（从制作方法上看，扒鸡也可算作烧鸡的一种）更紧致有嚼劲一些，虽然宣传上也说"用手一抖，骨肉自行分离"，其实根本做不到，否则道口镇上也就不会有"撕烧鸡"这一说了。

所谓"撕烧鸡"者，可精可粗。有饭馆撕作一条条细丝，做鸡丝拉皮，或鸡丝凉面，都不错。距道口镇不过七八公里之遥的浚县县城内有家小馆子，虽不是专门的烧鸡店，却也自制烧鸡出售，其所制烧鸡，当然不能和义兴张那样有数百年历史的老店相比，妙就妙在老板有手绝活，他将烧鸡撕作小块之后，放入盆里，加香菜、葱丝、青红椒和自己调制的凉拌汁，搅拌均匀端上桌，色泽鲜亮自不待言，更兼香气馥郁芳冽，令人一尝之下便难以停箸，这家小馆子也因此常常客满为患，许多食客皆好奇这种凉拌汁如何调制，询之，老板却只笑而不言。除却烧鸡之外，该店还以过水凉面闻名，卤是普通的茄子卤，面却是市面上已经十分少见的抻条子面，煮熟之后稍过凉水，入口极筋道。炎炎夏日，二三好友小酌，以一盘素拼、一盘凉拌的手撕烧鸡下酒，最后每人来一碗这样的茄卤面，实在是种价廉质优的享受。

据说稍有点历史的烧鸡店都有关键性的一锅"老汤"，房子失火、地震，先端了老汤往外跑；后代分家，不争浮财、房产，也是争那一锅老汤。这种"老汤"的存在，大约是华北一带的饮食特色，如山东的老汤驴肉，旧时北京的烧羊肉，也都是以百年老汤相标榜——唐鲁孙就特别喜欢买洪桥王的烧羊肉外带一份老汤用来加嫩花椒蕊下杂面条吃。一锅老汤反复煮上百年甚至几百年，中间不断加水、加料，沉淀下无数只鸡的"精华"，这样是否真的能够保证口味，我觉得不好说，也许不过是个噱头。道口烧鸡虽然闻名海内，当地人并不见得酷嗜此味，往往只在招待远客或馈赠特产时才会买上几只，倒是某些边角料如鸡爪、鸡胗等，常出现在他们的餐桌上，古龙小说里的"老山东"将烧鸡、鸡腿卖给客人，自己只舍得啃几只鸡爪解解馋，可如今烧鸡店里的烧鸡销量有限，鸡爪却供不应求，这也是桩趣事。四川的泡椒凤爪、广东的豉油凤爪，都是销量极高的小吃，可见天下口有同嗜，未必要大鱼大肉才能适口充肠。

比起烧鸡，鲁西一带人大概更喜欢吃炖鸡。从德州、聊城一路开车至菏泽、济宁，只要不走高速，沿途多的是各种农家炖鸡店，在里面吃饭的大都是货车司机，开车跑长途很是辛苦，中间休息时，三五人凑一桌，招呼厨子炖两只肥鸡，每人就着炖鸡吃三四个大馒头，花费不多，又能解馋顶饥，原是很实惠的方法，其作用近于河北的肉饼或山西的打卤面。炖鸡当然不是北方特有的吃食，四川有白果炖鸡，广东有莲藕炖鸡，其他如红枣枸杞炖鸡、参归炖鸡、竹笋炖鸡等，花样繁多。然而，南方的炖鸡注重养生滋补，以鸡汤为主，鸡肉反倒次要，于食材的选用亦甚讲究。《清稗类钞》载各处食鸡均以母鸡为上，公鸡为下，因为"雌鸡益人，而雄者易发宿疾"，独福建人饮食特重公鸡，其公鸡的市价要比母鸡贵出三分之一，"中人之家，产妇以食雄鸡百只为尚。且如小儿痘疹后，及久病之人，率以雄鸡为调养要品"，这是清朝的事，不知今日情况是否相同，但华北炖鸡——尤其是鲁西、苏北的炖鸡，主旨却在吃肉，除鸡肉外，只有葱姜等辅料，没有其他主料，而那锅暗沉沉、油汪汪的汤，等闲人是喝不下去的，所以多选用体型较大的雄性柴鸡，讲究些的，是要用三个月大的小公鸡，只是近年机械养殖发达，肉食鸡不足五十天即可长成，取价亦廉，颇受炖鸡店的欢迎，从食材角度讲，自然是今不如昔了。

在鲁西吃炖鸡是种有趣的经验。首先，即使在县城里，炖鸡店也往往不像其他饭馆子那样务求占据地理优势，反而很有点"酒好不怕巷子深"的架势，不是在周边的环路两侧，就是在城郊的村子里。菏泽某县有家炖鸡店以"小树林"为名，竟果真是在一片树林中辟了块地搭起几个窝棚，虽则简陋，却也别有韵致，有一次，是在深秋傍晚时分，我与几个朋友在"小树林"守着一大盆热腾腾的炖鸡对酌，饮至半酣，外面下起雨来，雨水落在地上、树叶上、窝棚上，群声并作，窝棚内却是充盈着一派鸡香，诸人于盎然酒兴中，突然感受到一种幽趣，这是难得的一次体验。其次，就其所扮演的角色而言，鲁西的炖鸡店有点接近过去老北平的二荤铺。二荤铺于荤菜中只售猪肉和猪下水，故曰"二荤"，同样，鲁西的炖鸡店也仅有炖鸡和卤鸡杂两种荤菜，其他则无非炸花生、拌黄瓜等小菜。二荤铺的主食只有切面、烙饼，鲁西炖鸡店的主食更单一，唯馒头一种，但有意思的是，炖鸡店里自己和面蒸出来的馒头，总比馒头店卖的那种批量生产的馒头要好吃一些，以至于有些食客打着吃炖鸡的旗号，真正目的却是去吃馒头（炖鸡店里的馒头不单售），往往五六个人炖一只鸡，馒头竟要三十个，鸡肉吃完，便用那浓稠的鸡汤泡馒头吃，仍旧吃得有滋有味。

济宁、徐州一带的地锅鸡，也属典型华北炖鸡，唯汤汁较少，且多用大炒锅，炒锅的周围贴上一圈饼子，俗称"地锅鸡贴饼子"的即是。据说地锅鸡乃船菜之一种，旧时运河行舟，烹饪条件有限，船家多以泥炉铁锅炖菜，鸡鱼之属，取材最易，故所炖菜品以鸡、鱼为主，铁锅周围贴一圈饼子当作主食，这就是地锅鸡、地锅鱼的由来。船菜自然有船菜的吃法、讲究，然则南四湖以北的运河段已荒废多年，船菜风气所余无多，地锅鸡早就遍布于街巷之间，由船菜而沦为"地摊菜"，在我的经验中，只有一次，是在东平县的东平湖上，与三五好友，泛舟采菱，船行半晌，舟中人均感饥肠辘辘，船家取出炭炉、铁锅等家什，将切好的鸡块加葱姜等作料下锅略翻炒，随即加汤炖煮，又取出四色小菜，粉皮拌黄瓜、糟鱼、花生米、皮蛋豆腐，以及啤酒一打，众人围着一个小小方桌，在颠簸的船上浅饮小酌，湖风徐来，放眼望去，但见菱荡起伏，实是令人心旷神怡。少顷，便闻得鸡香四溢，船家将方桌撤下，连炉带锅一并端至我们眼前，又将饼子一一贴上，片刻即熟，不知是腹中饥饿的缘故，抑或是周遭环境使然，这餐饭给我的印象极为深刻，鸡肉嫩而紧实，汤汁鲜香浓郁，面饼筋道有嚼头，直吃得大汗淋漓，犹觉不能饕足，自此以后，我便再没吃过这么好的炖鸡。

沿着荒废的运河，由济宁再向北，便是聊城。聊城多熏鸡，走在聊城老城区的街道上，随处可见的是卖熏鸡和炒花生米的店铺，老旧昏黑的牌匾昭示着其久远的历史。常有那种当地的棋友，在街边槐树下摆一桌象棋，厮杀数局之后，便撤棋摆酒，就近买一只熏鸡、一袋花生米，也算是种平民的享受。聊城的熏鸡店以"魏家熏鸡"最为知名，其"江湖地位"几可与辽宁的沟帮子熏鸡比肩，但其他许多不知名的熏鸡店，口味也不差。从烹制方法和成品形态角度看，与烧鸡或扒鸡相比，熏鸡的好处在于更易保存——这个易保存指的是，在超市里批量销售的熏鸡，其口味虽与新鲜出炉的熏鸡有些差别，但差距并不像烧鸡、扒鸡那么大。以我个人的经验，若是吃保鲜装熟食，则烧鸡、扒鸡不如熏鸡，若是到店购买，则各有千秋。当然，如何选择，亦有赖于每个人的喜好、判断。

制作熏鸡在选材、程序上颇为讲究，鸡最好是不足三个月大、体重一斤略有余的童子鸡，也有用老母鸡的，但口感就嫌过于紧实坚韧了。熏鸡不同于烤鸡，对于烤鸡而言，"烤"的过程即是将食材由生变熟的过程，熏鸡则是先煮后熏，将整鸡置于老汤中煮到八成熟，再涂抹香油，用杉木末熏制，如此一来，既能够保证鸡肉的入味，又可使之具备一定的熏烤风味，称得上是一举两得。安徽菜中有一道茶叶熏鸡，是将鸡肉略腌制后上锅蒸熟，再将茶叶置火上，生出浓烟，以此熏炙鸡肉，这道菜在各地的安徽馆子中都常见，味殊不恶。

我家乡有个姓刘的朋友，曾在基层为小吏，后来因事去职，便承袭了他父亲的手艺，以制作、销售熟食为业。其所制熟食有三种：炸丸子、炖猪蹄、熏鸡，豆面丸子炸得酥脆，猪蹄软糯入口即化，熏鸡更是了不得，其后味于咸香中带着一丝甘甜。据他说是在烹制过程中用了冰糖、黄酒和桂皮——这就颇有点运河菜系南北会融的意思，当地人烧菜是极少用这三种调料的。因为烹制熏鸡得了名气，大家称他"熏鸡刘"，熏鸡刘的店面紧邻夜市，晚上来吃砂锅、馄饨的食客，总会到他店里买点熟食当作菜肴，若时机凑巧，还有可能买到他卤制的鸡胗，脆嫩入味，别有风致。七八年前的夏天，我与朋友常在九十点钟的时候出来喝酒宵夜,此时往往正值熏鸡刘打烊收摊,便邀他同往,顺带还能吃一只不花钱的熏鸡。熏鸡刘好饮却量浅,又有着失清要之职而操不雅之业的心病,喝下两瓶啤酒,必红了脸高举酒杯道:"对酒当歌,人生蹉跎!"这时我们便也举杯笑道:"何以解忧,唯有熏鸡!"然则"熏鸡刘"终究不能甘心于卖熏鸡,到底还是罄尽了积蓄去投资一个商业项目,无奈赔得精光,其人也不知所踪了。近两三年,我回乡渐少,偶然与旧日朋友聚饮时,也会说起"熏鸡刘",大家都惋惜再也吃不到那么好的熏鸡,但随即又释然了,或许他正在别的什么地方卖他的熟食吧,人生何处不相逢呢。

砂　锅

华北人如今烧菜煮饭，已很少会用到砂锅，大约只在饮食极讲究的家庭里，才有砂锅的一席之地。多年前曾有一次去朋友家聚餐，主人精于饮馔，将一只硕大的砂锅连同燃气灶放在餐桌中央，锅内是冬菇炖老母鸡，鸡汤醇厚，鲜香盈鼻，待客人喝足了鸡汤，又各自吃了些鸡肉和冬菇后，主人端出竹荪、鲜笋、木耳、百叶等涮品，提壶添汤，俨然便是上好的鸡汤火锅，这餐饭吃得畅快淋漓，宾主尽欢，众人皆感叹其"守旧"的做派——本地的炖鸡、炖排骨，早就全部改用高压锅烹饪了，能吃到这样的砂锅炖鸡，着实不易。后来到苏州求学，见当地人炖汤多用砂锅，距学校不远有家猪骨煲，以上了釉的黑色大砂锅炖猪脊骨，生意极是红火，而更让人印象深刻的是"砂锅小馄饨"——现在无论是在苏州还是上海，这种馄饨都不常见了，尤其难忘的是那锅高汤，汤上薄薄的一层猪油，洒了鸡蛋皮、紫菜、虾皮、芫荽，的确称得上是"汤清味永"，山东人喜欢把"吃馄饨"说成"喝馄饨"，以前常觉不解，尝了砂锅小馄饨，才知为什么馄饨而曰"喝"，然而若无砂锅为器皿，换用铁锅或瓷碗，似乎也就失了意趣。

　　味觉是一方面，美感是另一方面。虽然我极反对"以目代舌"，对曾经盛行的工艺菜和正在盛行的"朋友圈美食"都不看好，但说到砂锅，不得不承认，在所有的烹煮器皿中，唯有砂锅不那么冷冰冰，甚至还透着某种盎然的古意或浑朴之美——对此，日本人或许有着更深的体会。舞台设计家妹尾河童出版过一本《河童旅行素描本》，里面即有一页画着一只形貌古朴的砂锅，河童还写到了赠送这只砂锅的向田邦子小姐（著名的女作家）和她的"汤豆腐"："她看起来相当憔悴，不过，豆腐使她整个脸绽放出光彩来。'我有个很喜欢的锅，用来煮汤豆腐可能嫌深了点。有海带吗？啊，只有柴鱼干，凑合着用吧！'"这是丝毫不加修饰的文字，但不知为什么，我读了之后很是垂涎，后来终于在上海的一家日料店吃到了传说中的"汤豆腐"，确是盛放在一只小小砂锅里，食材极简单，简单到寒素，除豆腐外，只有一点鲣鱼片和少量的葱姜，夹一块豆腐蘸了酱油送入口中，清淡悠远，而那只砂锅，灰扑扑的，静卧在原木的托盘上，像极了一幅静物素描。

　　砂锅之为用也巨，不管是讲历史也好，讲用途也好，总有说不尽的话题，此处不必赘述，接下来，我只想谈几样与砂锅有关的小吃。

　　在豫东北地区，"吃砂锅"有着别一种意味，这当然不是指被吃掉的是砂锅本身，而是指去吃一系列用砂锅烹饪的食物，譬如：砂锅丸子、砂锅豆腐、砂锅排骨、砂锅鸡块、砂锅酥肉、砂锅粉……此类砂锅食品，并无专门的店面售卖，只有去当地夜市上，才有可能吃到。夜市砂锅以街边摊的形式出现，大抵在每日傍晚六点钟左右开始营业，一直到午夜十二点左右收摊，豫北的夜市多呈现季候性，夏季繁荣，冬季萧条，然而砂锅、馄饨、烧饼这三样，却是无分冬夏，一年四季都可提供。试想，在寒风凛冽的某个冬夜，饥肠辘辘地走进一家用防风布搭就的简易窝棚，买一个芝麻烧饼、一份砂锅丸子，在昏暗的灯光下和蒸腾的热气中慢慢地享用，直吃得大汗淋漓才回家就寝，这实在是种美妙的体验。梁实秋离开北平后不能忘却的是冬夜的片羊头肉，而我不能忘却的，则是寒风中的那份砂锅。

开封夜市的繁华，在整个华北地区，都是数得着的，到开封而不逛夜市，比到北京而不去簋街，或者到成都而不逛宽窄巷子，似乎还要更让人觉得不可解，因为簋街和宽窄巷子不过是为游客准备的某种标识，开封夜市却实实在在是当地美食的汇集之处，反倒是盛名在外的开封灌汤包着实没有多大意思——有一次随朋友去开封某著名包子馆，要了一笼所谓"鲍鱼馅"的灌汤包，价格昂贵，吃到口中也只平平，鲍鱼云云，噱头而已。开封夜市有几样必点的小吃，黄焖鱼、黄焖鸡自不必说（开封的黄焖鸡和现在那些连锁店烹制出来的不可同日而语），其他如风干兔肉、五香羊蹄、鸡血汤、肚肺汤等，也都各具特色，而尤为值得一提的，就是砂锅。开封的夜市砂锅比之濮阳要略为讲究些，但整体近似，除丸子、酥肉、排骨、豆腐等主料外，还有海带、蘑菇等搭配性食材，汤要用牛骨清汤再加胡椒粉、五香粉等诸般调料，因料味极重，所以牛骨汤的清香反倒不明显，也有商家为降低成本，径用白开水加料勾兑汤底，不过还是很难逃过老饕的品鉴。有个砂锅店的老板告诉我，他每天凌晨四点起床，去市场上采购三十斤牛骨回来熬汤，方能敷一日之用，此言大概不虚。

与开封、濮阳不同，鹤壁的砂锅没有那么多花样，只以砂锅面为主。砂锅面是种极平民的吃食，多年前我在鹤壁读中学，每日晚餐皆与同桌在学校附近的一家砂锅面小摊上解决，彼时物价尚低，两个人要两份砂锅面，一个素菜拼盘，一只炸鸡架，总价亦不过八块钱。鹤壁的砂锅面，按配料分类，有荤面与素面两种，荤面略贵，是在素面的基础上加了一点丸子、酥肉、排骨；按面分类，有机制与手工两种，前者是机器压制出来的，下锅之前通常要先蒸一蒸，后者则是普通的手工切面，但不是抻条子面。近人饮食颇以"手工"为贵，然而吃鹤壁砂锅面却不同，荤素且不论，内行的饕客一定会要"机制面"，这种面虽然与其他的机器加工面条没有什么不同，妙就妙在"先蒸后煮"，多了这么一道小小工序，面条便格外的筋道，且在砂锅热汤中泡得略久一点，面质也不至于发坨，常常一锅面吃完，汤底仍旧清澈，而反观手工切面，若吃得稍稍慢些，锅中的汤便被面条吸收殆尽，成了半锅黏糊糊的面疙瘩，令人难以下咽。鹤壁砂锅面的调味与开封的夜市砂锅十分相近，同样是牛骨汤打底，同样是加胡椒粉、五香粉且用料甚足，唯一不同的是，鹤壁人特重葱花油（用当地人的说法，应是"糊葱花油"，意思是葱花要在油中炸得焦煳发黑，方能出来味道），拌凉菜要用葱花油，煮砂锅面，临起锅时也要浇一勺葱花油，若非如此，似乎便少点什么。

砂锅鱼到处都有，但能让人留下深刻印象的不多。东平湖周边饭馆皆以"全鱼宴"为名招徕顾客，其压轴大菜常常是砂锅鱼头，砂锅直径足可一尺半有余，鱼是常见的胖头鱼（即鳙鱼），酱色的汤汁上飘着大量的葱段、蒜瓣和辣子，这是典型的梁山泊地带饮食风格，吃鱼绝不是为了尝鲜，而是如同吃肉一般，要大快朵颐方能满足，但其口味却是平淡无奇。我所吃过的最好的砂锅鱼，是在北京一家大理人开的小馆子里，那是相当地道的大理砂锅鱼，虽然主材并非上好的大理弓鱼（这种鱼曾一度在洱海绝迹，如今也是十分难觅），用的只是普通的黄颡，但胜在配料齐全，云腿片、鸡片、腰片、鱿鱼片、冬菇、蹄筋等都有，一锅浓汤颜色奶白中透着微黄，喝一口，鲜美无匹。后来我曾喝过杭州赫赫有名的鱼头豆腐汤，又在苏州喝过只取黄颡腮下蒜瓣肉熬制的鱼瓣汤，固然也都名下无虚，但总不及当初品尝的那一味大理砂锅鱼。

近人谈论最多的砂锅馆子，无过于北京缸瓦市的砂锅居，其手艺原本承自宫廷里专做胙肉的师傅（胙肉即祭肉，无盐无酱，清水煮之，只有侍卫才能享用，关于吃祭肉的门道，唐鲁孙有专文叙述，此处不赘），所以一应食材，都取自猪身上。砂锅居的名菜，向来是砂锅白肉，然而传至今日，多少有了些变化，酸菜白肉锅仍是招牌，一片片猪肉其薄如纸，整整齐齐平铺在上面，下面是酸菜和粉丝，猪肉肥而不腻，酸菜爽脆，确是美味，其他如糟溜鱼片、干炸丸子等京味菜肴，也都被列入其菜谱。砂锅居自一九九三年翻修后，专走宫廷菜路线，装潢、器用也充满宫廷气息，价格更是"蒸蒸日上"，有老饕失望于砂锅居的不再平民化，也有老饕认为如今的砂锅居已变成一个京味菜的杂烩馆子，说到这里，我却想起多年前在烟台常常光顾的一家肘子砂锅店。这家店的风格与砂锅居相近，也是专做猪肉，且只有猪肘子肉，偌大一块肘子在砂锅里用小火炖得酥软，锅内除了猪骨、猪肉、骨汤之外，别无他物，这样的肘子砂锅，一锅只要十块钱，若要点些素菜，则只能在拌黄瓜、花生米、豆腐干等几样最简单的凉菜中选择，价格也不过两块钱一盘。如此价廉物美，自然吸引了不少食客。当年我在烟台读书时，宿舍深夜卧谈，众人每为腹中饥饿所苦，辄设幻想，最常进入脑海的，便是那售价十块钱的肘子砂锅。又有一同学，家境清寒，日常饮食以豆腐青菜为主，后来拿到国家奖学金，数额不菲，决定犒劳犒劳自己，便花二十块钱，一个人吃掉了两锅肘子，直撑得三日未进粒米，如今他已发福，说起当年事，犹觉快意非常。近年各地都兴起所谓"融合菜"，凡稍上档次的饭馆，常以兼有鲁、粤、川、湘风味，或集合涮、烤、煎、炸等技术为能事，像"肘子砂锅"这样风格单一的小店，不消说，生意是大不如前了，但我总觉得，这于饕客们而言，未必是件幸事。

吃知了

古人咏蝉,多有风雅句子,如"依杖柴门外,临风听暮蝉",其间意境,令人神往。邓云乡写《夏虫京华梦》,第一怀念的,便是夏天的蝉鸣:"躺在小小四合院的北屋里,午梦初回,睡眼惺忪,透过大方格木窗棂上新糊的冷布,望着荫屋的古槐,这时那嘹亮的蝉声正在欢噪,像海潮般地冲击着你的耳鼓,似乎天地间都被这种声浪填满了。"大抵北方虫类较少,不似南方百虫交鸣,每到夏天,充盈耳孔的,就只有蝉声了。

吾乡人最能焚琴煮鹤,以未成熟的知了为至味,名"知了猴",每年六、七、八三个月,街边皆有摆摊售卖者,以麻袋盛之,散放地上,时时喷洒清水,任由路人择选。早年间一块钱能买到二十只知了猴,两块钱便能凑足不大不小的一盘,近年物价飞涨,此物亦随之涨价,一块钱最多仅能买到两只,若在夏初或夏末,则一元一只乃至三元两只,也是常有的事,所以吾乡宴席上若有"炸金蝉"一味,便足见主人待客之诚。懂得行情的老饕,会在盛暑时节囤积此物,动辄耗费上千,买回之后冷冻在冰箱里,每隔三五日炸一盘解馋,虽则冷冻后的知了猴滋味稍减,但像这等时令性极强的吃食，一旦过了季节，便再难觅得——有的吃就已经很不错，又何必在细节上苛求呢。

国人多嗜异味，昆虫之属，如蝎子、蜈蚣、竹虫、蝗虫等，皆可入馔，然则美味如"知了猴"者，并不多见。各地能吃知了猴的人甚多，旧时粮食短缺，何物不能用以果腹？但像我家乡这样，拿知了猴当寻常菜肴，如萝卜白菜一般，大批量在街边售卖的，似乎也不多见。近年某些地方兴起吃知了的风气，如浙江丽水，一天能吃掉上万斤，揣测其情形，大约和吃麻辣小龙虾差不多，此等风气，往往一闪即过，未必便能长久。据说傣族人素有吃蝉的习俗，或将其做成一种名为"萨蚱"的酱，或以油煎的方式做成"萨喷"，但"蝉"是成熟之后的"知了猴"，须去了翅、足才能食用。

知了猴的吃法有三：烤、炸、煮。三种吃法之中，以烤为最下，因为知了究竟不同于牛羊肉、腰子、鸡翅之类，它的外面是层硬壳，一经火烤，硬壳迅速焦糊，里面的肉也随之萎缩、失去水分，我曾在河南某地吃"烤知了串"，一串五只，那知了是未经腌渍的，烤的时候外面撒上椒盐，完全不能入味，令人兴致索然。炸知了大约是最常见的吃法，知了本身滋味甚寡，油炸之后，便增了几分香腴，外壳的酥脆与内里的醇郁结合一处，回味无穷，确是下酒妙品，传言阳谷县有二酒徒在小饭馆对饮，只以"炸金蝉"一味下酒，一盘甫罄，便再上一盘，连尽三斤景阳冈白酒，十二盘炸知了，才各自晃晃悠悠离去，在当地传为笑谈。煮知了似乎不多见，这里所谓的"煮"，当然不是白水煮，其方法近于盐煮花生，要加茴香、花椒等物，久煮之后，自然入味。若论酥脆香腴，煮不如炸，但若论清醇甘爽，则炸不如煮，更兼知了一物，壳硬爪利，油炸之后，更增其硬度，据说有性急的老饕因吃炸知了伤及喉咙而入院手术的，那就得不偿失了。

  傣族人有"守灯待蝉"之说，乃是利用蝉的趋光性而诱捕之，吾乡人不食飞蝉，专取尚未蜕皮生出翅膀的幼蝉，故只有"摸知了"的说法。摸知了的最佳时节是在雨后的夏夜，若打手电在树林中搜寻，一两小时的所得每能上百。真正的行家不仅可以敏锐地在树上、地上发现知了，甚至能由地面上孔、洞的形态来判断里面是否藏着知了。我年幼时常随长辈摸知了，以为莫大的乐事，虽蚊虫叮咬亦不觉其苦，尤其在夏夜的林中，头上是漆黑的夜空，身周是密密的白杨树和林木间偶尔渗出的手电光，一阵风吹过，树叶声萧萧然，有如雨下，其间又混杂着人们的低语声、脚步声，此种情境，至今仍令人难以忘怀，可惜时移世易，知了的数量固已大减，摸知了的人更是越来越少，再要体会当年的那种情境，怕是难上加难了。

甏肉干饭

近年街巷间最流行的快餐类型，"黄焖鸡米饭"当居其一。我初到太原之时，不惯当地面食，恰好住处附近有家黄焖鸡米饭，便常去光顾，连吃五六天，吃得倒了胃口，不禁念及曾在济宁吃过的"甏肉干饭"，若论好吃实惠，此味似乎远胜于黄焖鸡米饭，不知为何始终只在鲁西南、苏北一带徘徊，未能通行各地。

甏，即大缸，是炖肉的一种容器，陶质，口小肚大，直径从三十厘米到一米有余不等，炖肉时，将其置柴火之上，小火慢炖，肉质自然酥烂，据说真正炖得到位的甏肉，由三尺高处掉到地上，即会摔成许多小小碎块，此说不知确否，不过炖肉毕竟是炖肉，要做的口感如红烧狮子头一般，反倒无趣了。乍听起来，甏肉的烹制之法似近于坊间的名菜"东坡肉"，但二者实大不相同，其不同之处，一是在肉的切法，东坡肉是将五花肉切作块状，甏肉则切作厚片；二是在所用作料，东坡肉各地做法不同，但不论是取法川菜还是浙菜，大都会用冰糖（或白糖）、酱油、黄酒三种作料，甏肉则颇近药膳，讲究些的，要加肉桂、白芷、甘草、香叶等物；三是在烹制的过程，东坡肉讲究大火收汁，汤汁浓稠，甏肉却仿佛卤肉，需用老汤慢炖。因此，要自行在家中试作甏肉，恐怕不易，尤其是那一坛子老汤，非多年锤炼，难臻佳境。

干饭即大米饭，正宗的干饭也须同甏肉一般，在陶器中以柴火蒸就，这样蒸出来的米饭，粒粒分明，确实称得起"干饭"二字。凡嗜食甏肉干饭的老饕，皆喜向店家索老汤一盏，浇于米饭上，若米饭本身黏糯，再浇汤汁，则入口滑腻不堪。济宁人本以面食为主，以干饭搭配甏肉，大约是因为地处运河沿岸，能得漕米周济，又在饮食风气上得了南北汇通的便利。人或谓甏肉干饭的吃法是源于梁山水泊，这当然是无稽之谈，不过是其大块肉、大碗米的观感颇显豪迈罢了。我曾在济宁汶上县访友，友人特设一席接待，就在当地闻名的"天下第一甏"，席上有麻辣兔肉、炒鲶鱼、烧茄子、拌黄瓜粉皮等，皆用直径尺许的大海碗盛放，虽然粗朴，倒也琳琅满目，酒喝到七八分的时候，朋友连唤上肉上饭，米饭是盛在小一号的海碗中的，已预先浇了卤汤，每人一碗，肉是一人两块，每块足有二两重，佐以干漉豆角少许，直吃得肚腹鼓胀，口角流油。

甏肉的紧要处其实就在那一缸老汤，汤好，肉自然也就不会差，除了五花肉之外，甏中还可放入素鸡、豆皮、熟鸡蛋、鹌鹑蛋、丸子、海带、青椒等物，荤素搭配，故甏肉干饭一物，实是既简便又不失丰富的一种吃食，却不知为何，总是流行不起来。十年前河南北部某县引入一家甏肉干饭，不意当地人嗜面食而排斥米饭，开业一年，门庭冷落，后来改用甏中的老汤浇面，面上铺氅肉两片，烫青菜数根，名"烧肉面"，竟得大卖，此亦无奈之举，我曾慕名前去品尝，口味虽不如北京白魁的烧羊肉面，却也着实不坏，只是比之氅肉干饭的搭配，总觉得差了那么点意思。

炖　鹅

北人不擅烹鹅，故席间常见的家禽，唯鸡鸭而已，要吃鹅肉，须到专门的馆子里去，然则要寻得专门的鹅肉馆子，却也不易。周作人到北方定居后，念念不忘绍兴的烧鹅，并深以北京人不懂吃鹅肉为憾："北京不吃鹅肉很是可惜，它只是背上涂上洋红，假充作雁，用于结婚时"。其所以如此，大约一来是由于鹅在北方人眼里近于"灵禽"；二来，鹅肉的质感比鸡鸭肉更韧，烹制的难度也就更大。诚然，正如周氏所言，即在绍兴一带，鹅肉的品格也较鸡鸭肉为低，所以，吃鹅肉图的是种野趣，倒不必定要从中找寻人间至味。

广东极重烧鹅，浙江人亦视烧鹅为佳品，张岱《琅嬛文集》中尝有诗句咏烧鹅云："焦革珊瑚赤，深脂冻石明。腤肥刚七日，邕匕慰三生。"仅读这几句诗，也足令人垂涎，袁枚却谓杭州人烹制烧鹅"为人所笑，以其生也"，不知是何缘故。北方人少近烧味，又不惯冷餐，所以常见的烹制鹅肉之法，仍以炖鹅为主。据说东北有所谓"铁锅炖大鹅"，窥其意趣，大约和坊间流行的种种"铁锅炖"没什么区别，其紧要处在"先炒后炖"。十几年前，火锅尚未如今日这般兴盛的时候，豫北一带曾流行"啤酒鸭"，凛凛冬日，邀集三五好友，守着一口翻花大滚的红汤鸭肉锅开怀痛饮，确是颇有氛围，所以一时间食客盈庭，只是当地制作啤酒鸭所用的主要食材是取自催肥的肉食鸭，吃得多了，便觉油腻不堪，于是又有商家改为经营"啤酒鹅"，口味、做法仍相仿佛，这才稍稍带起一阵吃鹅肉的风气。

过去各地间的饮食文化交流不够通畅，尤其在偏僻的小城镇，能够说得上名号的饭馆子多不过七八家，少则仅三五家，且皆以本地特色为主，因此，一时一地的饮食风气，往往为某些偶然性的因素所左右，如东阿及其附近诸县人喜食驴肉，皆因当地出产驴皮阿胶之故。我少时生长于豫东北某县，该地本无食鹅习气，后来县里成立了一家鹅绒厂，初时规模尚小，后来渐成支柱产业，遂催生出许多养鹅的个体户，供应鹅绒之余，兼以售卖鹅肉增加收入，鹅肉的价格既廉，便有许多饭馆子争相购买，买回去也别无什么拿手的烹调之法，鹅肉质韧，只能大锅久炖，多加香料罢了，如此敷衍日久，渐渐有家专做炖鹅的馆子崛起，这家馆子以柴火炖鹅，鹅肉不切块，将自潍坊采购来的大葱切段置鹅腹中，出锅时淋以自家调制的花椒油，口味殊不恶，再加上几样拿手的小菜，如爆炒鹅肠、糟鹅掌等，竟迅速将其他馆子的风头都盖了过去，尤其是糟鹅掌，其色莹黄，入口微咸而略带甜意，被一众酒徒目为佐酒的无上妙品，若非预定，往往难得能吃上。

鲁西一带的食鹅风气，以菏泽为最盛。菏泽东南有一县名成武，当地出产的成武鹅，最为有名，这种鹅体重能达十几公斤，肉质亦不似他种鹅那般坚韧。七年前我去郓城县，朋友在一家炖鹅馆子款待，该店所用即成武鹅，与宴的宾客足有十人上下，仅择取一鹅，现杀现炖，另加鹅胗一斤，便足供一桌人食用而有余，鹅肉吃得差不多时，朋友又连唤续汤，加香菜和辣子，并索面饼数张，掰碎浸汤中，那鹅肉汤本来十分油腻，不能直接啜饮，不意拿来泡饼，却是醇腴异常，远胜于现下流行的"鱼头泡饼"。菏泽的炖鹅之法，近于红焖，炖出来的鹅肉，色赤而油亮，听说当地已发展出一种"乡村鹅"火锅，大约也是由此而来。近年苗族人的"竹荪鹅"火锅流布甚广，汤醇味美不说，更有养生的效力，然而在华北地区，终究是普通的大锅炖鹅更得人心，究其原因，地域饮食习气固然是一个方面，说到底，吃鹅总归是要有些村趣、野趣才好。

子馍与壮馍

豫鲁地区重面食，故以馍为名的吃食甚多，子馍与壮馍，即是其中最典型的两种。

子馍的全称，应为"石子馍"，因为馍本身需在烧得滚烫的石子上烙熟，这种烹制之法源自何处，不得而知。我曾在甘肃宁县吃过当地的"狗舌头馍"，其形制长圆，如同狗舌，也是在石子锅中烧就；陕西有一种"石子馍"，同样需用石子锅，唯馍中无馅料，烙出来如同薄片，馍上则凹凸起伏，是石子留下的痕迹，细嚼之仿佛西餐中的薯格。何以选用石子而不径以铁锅烙馍？这大约也不是什么噱头，铁锅导热太快，烙馍极易焦煳，改用烧热的石子，不过是取其温暾之意罢了。

我这里要说的"子馍"，是河南浚县的一种地方小吃。该县有两座小山，一名大伾，一名浮丘，每年正月初一至十六期间，是为"庙会期"，周边各县、乡镇的好事者，都会来此上山赶会。浚县的赶会不同赶集，尤其在现下这个网购发达的时代，赶集购物已是极次要的一项内容，除了求神拜佛，看看舞狮、高跷等杂耍外，赶会之人必得饱餐一顿子馍，这场一年一度的活动才能说得上圆满。浚县子馍的特点主要在其馅料，是用猪肉和以鸡蛋为馅，另加葱花等物，所谓"馍"者，乃是圆形火烧，吃子馍时，需将整个火烧切作四块，趁热食之，稍凉即不免有猪肉腥气，不堪入口矣。

浚县子馍说不上是什么了不得的美味，与其他打着年节烙印的食物一样，吃子馍重在氛围，而不在品鉴。凡售卖子馍的饭馆子，大都条件简陋，即在严冬之际，亦无空调、暖气等设施，烤子馍的炉具就设在门外，连招牌都可省却，食客们或在陈旧的平房内，或在简易的窝棚里，围着漆面斑驳的圆桌团团而坐，互相呵着白气，交换着白日里赶会积攒的笑料，闹哄哄地等待着食物上桌。与子馍搭配的，还有其他几样小吃：炸麻虾，这其实只是一种油炸的面鱼儿，和面之时放入特制的调料，炸出来色泽金黄，确是微带河虾的鲜味；"pen"肉，这个"pen"字不知怎么写，念时作去声，肉质筋道，多胶质，有人说是脯牛肉，但吃起来不像，仿佛是用驴肉制成；野兔肉，是腌过之后再加以熏制，肉质略柴，入口咸而辣，但却绝无寻常野兔肉的那股子草腥气；酸辣粉皮汤，这种汤说来寻常，全仗陈醋和胡椒提味儿，唯浚县所产粉皮甚佳，其色晶莹，其质柔韧，子馍以肉、蛋作馅，吃得稍多便觉油腻，若没这碗汤，着实有点压不住阵脚。

赵本夫小说《碎瓦》中有段写到壮馍："这是四省交界地特有的一种面食，每个壮馍要四斤干面做成，像一块豆饼那么圆、那么大，放在特制的平底锅上烤熟，结实耐嚼，刚出锅的更好吃。"这里所说的四省交界，大约指的是山东、河南、安徽、江苏四省，如菏泽（山东）、濮阳（河南）、徐州（江苏）、亳州（安徽）等地，皆有壮馍出产，只是在制作细节上不尽相同。壮馍与子馍有些相近，也需用肉做馅，只是不用鸡蛋，濮阳唤作"大肉壮馍"，大肉即猪肉，亳州、菏泽的壮馍则多用牛羊肉。壮馍之所谓"壮"者，可能是"大"的意思。濮阳的大肉壮馍直径足一尺有余，厚近寸半，重逾五斤，即便是地方上最有名的大肚汉，一顿也吃不下半个。壮馍的烹制之法与子馍不同，乃是油煎而成，近年多用花生油、葵花籽油，早年间得肉不易，馅中往往掺了大量粉条、葱花，为增其腴厚，讲究用猪肉、羊油。我曾在郓城县吃过一次羊油煎就的羊肉馅壮馍，那滋味，恐怕必得对羊膻味接受程度极高的人，方能领教。

吃壮馍必配以汤饮。濮阳人极嗜酸辣豆面丸子汤。豆面者，即绿豆面，这种汤色如酽茶，要加大量葱丝、香油以提味；菏泽有单县羊肉汤，当地人耐得住厚味，以羊汤搭配羊肉壮馍，并不觉得有什么不妥；亳州有种辣汤，与河南的胡辣汤稍稍不同，系用海带、豆腐丝等物，加水、淀粉、胡椒、香油煮成，当地人吃牛肉壮馍，或饮辣汤，或将辣汤浇豆腐脑上，名辣汤豆腐，都很不错。

杂拌儿锅

初到太原的第一个冬天，见街上到处是"铜火锅"的招牌，以为此城地近雁北，人们嗜食羊肉，饮食习俗仿佛北京，任择了其中一家小店信步踱入，却发现满不是那么回事——铜火锅里的内容，是上桌之前就已备好的，有烧肉（半肥半瘦的猪五花肉）、丸子（猪肉丸子）、炸豆腐、白菜、粉条、海带等物，与北京常见的铜锅涮肉大不相同，反倒有点接近我家乡的"杂拌儿锅"。

杂拌儿锅，顾名思义，乃是一种杂烩性的火锅，也有些地方唤作"什锦锅"。旧时北方人吃火锅，并不以涮牛羊肉片为唯一的"政治正确"，或者说得直白点，东来顺的涮肉固然是飞薄如纸，入口肥嫩，但一来那般好羊肉不是随便哪里都吃得到（张中行说东来顺的羊"都是由口外买来，放在自己的羊场，喂一个月粮食才杀，所以肉质肥而嫩，与一般吃草的羊不同"）；二来，绝大多数的厨子，刀工都达不到这等水准。至于超市里大批量存放于冰柜中售卖的成品牛羊肉卷，那是近十几年方始出现于偏僻县镇的，过去要吃涮羊肉，唯有手切一途。我幼年曾在寿张镇吃过一次鲜切涮羊肉，当时还觉得十分稀罕，肉质如何且不说，那羊肉切出来，厚度足可用于晒制肉干，在锅中翻滚五分钟后，才能入口。

与涮羊肉相比，什锦杂拌儿锅似更本地化，或曰多元化，其所用食材，大抵皆依当地人的口味而定。天津有种"什锦锅子菜"，乃是取一盆状大锅置炭火上（不同于寻常所用的那种中间带烟囱的铜锅子），用白菜叶子打底，另加过了油的山药、土豆以及素丸子、油面筋等物。上海的什锦锅则喜用鸡脯肉、鸡胗、猪腰、青鱼等，且讲究在汤底中加醪糟汁或米酒。较值得一提的是河北蔚县的什锦火锅，据说蔚县人过去早餐就吃火锅，五年前我到该地赴朋友孩子的满月宴，宴开八席，每桌除了六色小菜之外，只摆一铜火锅，锅中菜蔬极丰富，且分作两层，下面一层有白菜、豆腐、海带、香菇、萝卜、冬瓜等，上面一层则略带"轻奢"之感，有海参、肚条、里脊、腰片等，汤底清淡，是一锅高汤加了姜蒜末、胡椒粉、花椒水等调制而成，这餐满月宴与北方寻常的喜庆宴席迥乎不同，吃得人大汗淋漓，着实痛快。

吾乡旧时物产贫瘠，得肉不易，尤其在冬季，举凡鸡块、鲤鱼块、五花肉等，均喜油炸之后加以贮存，其他如炸豆腐、素丸子等，自不待言，至于蔬菜则无非萝卜、白菜，别无长物，所谓杂拌儿锅，亦是因材而施。诚然，饮馔之道，鲜食为上，这等既经油炸又长期存放的物事，并非火锅上选，杂拌儿之法，实出无奈，但久而久之，也就形成了特定的口味，并积攒起一些经验。河南范县有家杂拌儿锅，其所炸小酥肉极佳，乃是选用上好的里脊肉，加蛋清和以淀粉炸成，除用于火锅外，还可撒椒盐食之，入口腴而不腻，凡去该店就餐者，至少都要点三盘，非如此不能过瘾。菏泽出产一种颜色乌沉的纯红薯粉条，是用红白瓤红薯掺杂制成，乃当地杂拌儿锅的必备妙品，质感筋道自不必说，更有种难言的清香味儿，早年间吃杂拌儿锅，这种红薯粉是最大的诱惑。还记得十余年前在郓城某火锅店用餐，见邻桌有一中年女子，酒至半酣，红光满面，挑起一筷子红薯粉，举至半米多高，对桌上众客道："我就喜欢像这样长长圆圆！"当时年少，颇厌其俗，近年迭经离丧，亲故凋零，再回乡吃这杂拌儿锅时，始知"长长圆圆"四字，殊不易得。

吃驴肉

说到吃驴肉，必先想起河间。十余年前我与堂弟赴京，回程坐的是夜车，车行甚缓，七点自北京出发，路过河间时已是深夜十一点，司机将车停靠路旁，嘱众人可下车闲走休息片刻。我和堂弟都没有吃晚饭，早已饥肠辘辘，下车见不远处有一驴肉店仍在营业，昏黄的灯光之下依稀可见其陈旧的匾额，仿佛是家老店，遂踱步过去，花三十块钱，买了驴肉火烧、板肠火烧、焖子火烧各二，回到车上大快朵颐，虽只有白开水佐餐，仍吃得心满意足。几年后我到北京读书，学校周边也有几家河间人开的驴肉火烧店，但不知何故，再未品尝到那般滋味。

吾乡紧邻山东东阿县，该县以出产阿胶闻名，阿胶需用驴皮熬制，消耗甚巨，一张驴皮不过出胶七八斤左右，故周边养驴者极多，除供应驴皮之外，兼以烹制驴肉招徕食客。上好的阿胶必用平阴县的狮耳山黑驴，但是这种驴肉质如何，等闲人恐怕也品尝不到。我们平常所吃的，不过是普通的华北驴，河间人烹驴肉多用渤海驴，而保定人多用太行驴，二者肉质尚有细微差别，但以我的经验来看，驴肉的肉质差异，远不及牛肉那般大——据说澳洲人对牛肉有一套专门的分级评价系统，要看大理石花纹、肉色、脂肪色等，上好的牛肉价格不菲，口感自然也非寻常牛肉之可比。赵珩曾说驴肉肉质较牛肉更为细腻，成本也比牛肉高得多，乃至驴肉馆中不乏以牛肉冒充驴肉者，或许是地域差异，又或许是时代不同，在我的家乡，驴肉却要比牛肉稍稍便宜些，所以混充的情况也恰相反，曾有家馆子打着"洛阳牛肉汤"的招牌，却悄悄掺了三成驴肉在其中，后来被食客发现，声名扫地，只好关门了事。

驴肉如何，端赖烹制之方法。明清时期似有人嗜"生炒驴肉"，其法甚残忍，乃将活驴捆缚之后，以沸汤浇局部，割肉现炒。《清代野记》载同治年间山东有一名"十里香"的餐馆以"生炒驴肉"闻名，《清稗类钞》中则记乾隆年间太原晋祠附近有名"鲈香馆"者，也擅烹此味，唯二者所记内容则大同小异，或是传闻舛误的缘故。唐鲁孙曾写过老北平的"汤驴肉"："有一家竹楼茶馆，楼下象棋，二楼围棋，要吃驴肉请登三楼，三楼不过十多个座头，把五毛钱放在桌中间，另再放两毛钱在右手边，伙计就会心照不宣带您下楼到汤锅店去指什么地方，割什么地方，然后下锅烹炒。"之所以如此神秘，盖因此种残忍行径为法之所禁，不能在光天化日之下公开兜售。"生炒驴肉"或"汤驴肉"现在是没有人吃了，其实驴肉有种特殊的腥味，似不宜"炒食"，我曾在莘县某驴肉馆吃过一次"青椒炒驴肉"，竟有种腥气扑鼻的感觉，虽说用苏打水可以去腥，但一来难以去净，二来苏打水一物，究非北方寻常餐馆的常备品，所以，"炖驴肉"仍然是最为常见的烹制方法。

菏泽、聊城一带的炖驴肉，或受梁山习气影响，喜大块清炖，当地多有以"驴肉汤锅"为名的小馆子，其实就是驴肉火锅，除驴肉外，另有驴肠、驴筋、驴蹄、驴舌、驴肾等，均可按分量购买下锅。驴肉汤锅虽是出以清炖，却十分油腻，故嗜食此味的老饕大都不喜涮食他种菜蔬，而是另点几个凉菜，如拌黄瓜、花生米、蒜泥茄子等佐酒。东阿县有家驴肉汤锅，兼卖卤驴杂，其所制"老汤驴肾"一味，最是有名，每盘端上来，切得硬币般厚薄，摆作两排，用以下酒，回味无穷，吾乡距东阿约莫五十公里，常有驱车前往之人，其目的仅在享受这么一盘驴肾而已——由于此物紧俏，每桌客人限购一盘。山东最好的驴肉当属广饶肴驴肉无疑，此种驴肉在各地都有包装售卖者，但口味却相差甚远，吃驴肉，还是要尽量吃新鲜出锅的。

江南人少有嗜食驴肉者，我在苏州生活多年，只见有零星的驴肉火烧馆子，唯在甪直古镇附近发现有家专门的驴肉馆，这家馆子所以能屹立不倒，也是因周围住户多是北方人的缘故。广东人能吃驴肉，但大抵着眼于其"食补"的价值，在广州的某些茶楼里能喝到当地的"驴肉汤"，加了淮山、肇实和枸杞，药气浓郁，与北方火烧店里的驴肉清汤迥乎不同。

饕客梁实秋

民国文人谈吃，就其路数而言，大体可分三种：意不在吃，而在借谈吃以寄寓情怀，这是其一，周作人即属此类；也谈吃，也谈掌故，也记旧事，但更多的是将谈吃忆旧叙掌故结合起来，三者密不可分，这是其二，唐鲁孙属于此类；再就是比较纯粹的谈吃，虽然文人谈吃，行文之际总不免多所摇曳，不可能完全将思绪集中在饮食上，但也有以谈吃为主的，梁实秋则是属于这一类。如果说读周作人的《知堂谈吃》如听江村野老娓娓而谈，字里行间渗透着幽怀别趣的话；那么读梁实秋的《雅舍谈吃》就仿佛听资深老饕历数平生，让人欣羡之余更是垂涎不已。

童年食趣

梁实秋是北平人，生长于传统的大家庭，家境优越，因此在饮食之道上自幼便较常人更为讲究。只是旧式大家庭等级森严，即便是在一日三餐上也不无体现，在《"疲马恋旧秣，羁禽思故栖"》一文中，对于幼时家中的饮食制度，梁实秋曾有一段很细致的描述：

我们北方人，饭桌上没有鱼虾，烩虾仁、溜鱼片是馆子里的菜，只有春夏之交黄鱼、大头鱼相继进入旺季，全家才能大快朵颐，每人可以分到一整尾。秋风起，要吃一两回铛爆羊肉，牛肉是永远不进家门的。院子里生起一大红泥火炉的熊熊炭火，有时也用柴，噼噼啪啪地响，铛上肉香四溢，颇为别致。秋高蟹肥，当然也少不了几回持螯把酒。平时吃的饭是标准的家常饭，到了特别的吉庆之日，看祖父母的高兴，说不定就有整只烤猪或是烤鸭之类的犒劳。祖父母的小锅饭也没有什么了不起，也不过是爆羊肉、烧茄子、焖扁豆之类，不过是细切细做而已。

如果我们想要了解过去北平大家庭的寻常饮食是怎么样的，这大概应该算是很可靠的材料了。大致说来，饮馔之道，北不如南，即便是在北平这样的有着数百年饮食文化积淀的古都亦是如此，这并不是说南方人的口味和厨艺永远比北方人更为细腻和刁钻，而是由"食材"本身的种类多寡、质量高下决定的。"饭桌上没有鱼虾"，就是最好的证据。

梁实秋幼时家里雇有专门的厨子，虽然不能和谭府、凌府的顶级厨师相比，但亦自有一两手绝活。老北平人吃面条讲究吃"抻面"，一是要那口筋道或嚼劲，非如此不能适口；二是抻面不易折断，梁实秋说曾有人用切面做寿面，煮过了头，拿筷子一挑，"肝肠寸断"，这是最不吉利的事情。梁实秋最喜欢看家里的厨师抻面条："拿大块和好了的面团，揉成一长条，提起来拧成麻花形，滴溜溜地转，然后执其两端，上上下下地抖，越抖越长，两臂伸展到无可再伸，就把长长的面条折成双股，双股再拉，拉成四股，四股变成八股，一直拉下去，拉到粗细适度为止。"在儿时的梁实秋眼里，看家里厨子抻面条，不亚于看一场精彩的体操表演。

虽是有专门的厨子，但家庭主妇不可能不近庖厨。梁实秋小时候最爱吃的一道菜就是他母亲做的"肉丝韭黄加冬笋木耳丝"。在清华学校读书之时，他每星期只能回家一次，当时的清华学校远在城郊，来去不便，折算下来，回家之后只有一顿午饭的从容时间，每当此时，他的母亲必亲自下厨，炒一大盘"肉丝韭黄加冬笋木耳丝"，临起锅再加一大勺花雕酒，香气扑鼻！

谈到"童年食趣"，自然离不开种种零食。梁实秋家曾在东四牌楼一带投资开设过一家干果铺，掌柜是一个姓任的山西人，当时梁实秋常在晚间随父亲到铺子里小坐，掌柜自然着意奉承，拿出"用玻璃球做塞子的那种小瓶汽水"，"还有从蜜饯缸里抓出来的蜜饯桃脯的一条条的皮子"，喝汽水，吃蜜饯，这对于童年的梁实秋来说，是一大享受。

饕餮之徒

作为文人，梁实秋并不特别强调"吃相"的文雅，反而对人的饕餮之态有一种观赏的乐趣，在《吃相》一文中，他曾经描写过两次真正"痛快淋漓"的吃：

  一次在北京的"灶温"，那是一爿道地的北京小吃馆。棉帘启处，进来了一位赶车的，即是赶轿车的车夫，辫子盘在额上，衣襟掀起塞在褡布底下，大摇大摆，手里托着菜叶裹着的生猪肉一块，提着一根马兰系着的一撮韭黄，把食物往柜台上一拍："掌柜的，烙一斤饼！再来一碗炖肉！"等一下，肉丝炒韭黄端上来了，两张家常饼一碗炖肉也端上来了。他把菜肴分为两份，一份倒在一张饼上，把饼一卷，比拳头要粗，两手扶着矗立在盘子上，张开血盆巨口，左一口，右一口，中间一口！不大的工夫，一张饼下肚，又一张也不见了，直吃得他青筋暴露满脸大汗，挺起腰身连打两个大饱嗝。

如此吃相，着实不雅，但却让人看着痛快。这段回忆当是产生于梁实秋的童年时期，因为赶车的车夫还盘着辫子，这即便不是在辛亥革命之前，也必定是在清朝覆亡之后不久，童年记忆而能如此深刻，历久不忘，甚至每个细节都可以描述得如此清晰，足见梁实秋对于人的饕餮之态确有一种源自本性的欣赏。

  另一次则是在青岛，梁实秋曾于二十世纪三十年代任教于国立青岛大学（今山东大学），同时在青大任教的还有闻一多、老舍等人，一时名流云集。如果说梁实秋一生最难忘的城市必定是他幼年生活的北平的话，那么留给他印象最好的、甚至让他一度产生要在那里安度晚年的遐想的城市，就该是青岛了。对于青岛，梁实秋所不能忘记的，不仅是那里干净的街道、温和的气候、漂亮的海景以及鲁东地区的人情之美，更有种种关于"吃"的印象，诸如德国餐馆里厚厚大大、煎得外焦里嫩的牛排和鲜香的生啤酒，以及该地区特产的海鲜、蒲菜、大葱、莱阳梨、肥城桃等，其中，还包括一次痛快淋漓地吃：

> 我在青岛寓所的后山坡上看见一群石匠在凿山造房，晌午歇工，有人送饭，打开笼屉热气腾腾，里面是半尺来长的发面蒸饺，工人蜂拥而上，每人拍拍手掌便抓起饺子来咬，饺子里面露出绿韭菜馅。又有人挑来一桶开水，上面漂着一个瓢，一个个红光满面围着桶舀水吃。这时候又有挑着大葱的小贩赶来兜售那像甘蔗一般粗细的大葱，登时又人手一截，像是饭后进水果一般。

这又是一种"饕餮之态"，与体力劳动者特有的印记是结合在一起的，所以梁实秋忍不住慨叹："他们都是自食其力的人，心里坦荡荡的，饥来吃法，取其充腹，管什么吃相！"——当然，这仍不过是一种不无优越感的"富贵感慨"。

在民国文人之中，梁实秋绝对称得上是一个"饕餮之徒"，这不单单是由于他对于吃的由衷的爱好，更由于他的惊人的食量：在清华读书的时候，他曾与同学赌赛，创下一顿饭十二个馒头、三大碗炸酱面的纪录。后来到了青岛，他与杨振声、赵太侔、闻一多、陈季超、刘康甫、邓仲存及方令孺日日宴饮，一餐饭能喝下三十斤的一坛花雕酒，号称"酒中八仙"，狂言要"酒压胶济一带，拳打南北二京"，后来胡适有一次路过青岛，稍事停留，看到他们的纵饮饕餮之状，吓得赶紧将太太给他的镌有"戒"字的金戒指戴上，表示免战。

北平口味

由谈吃文章看梁实秋的口味，可以发现明显的北方人色彩。《雅舍谈吃》中所收录的文章大约六十篇上下，再加其他的一些非专门谈吃但偶然涉笔至此的散文，梁实秋所曾谈到的各种吃食多达上百种，其中约有七成都是典型的北方饮食，五成以上是老北平的饮食，在北平饮食之中，又大抵偏于鲁菜系列，像前文所提起的，他幼时最爱吃的"肉丝韭黄加冬笋木耳丝"，临起锅加一大勺花雕酒，便是典型的鲁菜做法。

在谈到老北平饮食的时候，梁实秋一则是对各大饭馆的招牌美食念念不忘，诸如正阳楼的烤羊肉和伞大甲，山东馆子的炝青蛤，北平饭庄的烩虾仁，锡拉胡同玉华台的水晶虾饼、汤包和甜汤核桃酪，大栅栏附近厚德福饭庄的铁锅蛋、瓦块鱼和核桃腰，信远斋的酸梅汤和糖葫芦，致美斋的锅烧鸡和煎馄饨，东兴楼的芙蓉鸡片和乌鱼钱，便宜坊的烤鸭和炸丸子，砂锅居的白切肉，春华楼的松鼠黄鱼，月盛斋的酱羊肉酱牛肉等等，数不胜数；再则，即便涉及那些街头巷尾小摊小贩所兜售的各种零食小吃，他也是如数家珍，在《北平的零食小贩》一文中，梁实秋信笔所至，谈到的北平小吃多达四十余种，如豆汁儿、灌肠、猪头肉、羊头肉、烧羊肉、豆腐脑、老豆腐、汤面饺、炸豆腐、馄饨、烧饼油鬼、面茶等等。可以说，在饮食口味上，梁实秋是一个地地道道的"老北平"，他对老北平美食的熟悉程度，除了唐鲁孙之外，在文人当中，几乎无人可比。

由于过于贪恋北平美食，在离开北平一段时间之后，梁实秋往往思念家乡风味不能自已，而此种"犯馋"的苦况，他在一篇名为《馋》的散文里描写得极为细致精确："人之犯馋，是在饱暖之余，眼看着、回想起或是谈论到某一美味，喉头像是有馋虫搔抓作痒，只好干咽唾沫，一旦得遂所愿，恣情享受，浑身通泰。"青年时期的梁实秋曾有很长一段时间在美国留学，吃惯了豆汁儿、烧饼油鬼、烤鸭、烧羊肉的他，自是很难满足于汉堡、薯条、土豆泥，而此时他最为想念的家乡菜，就是爆肚儿。后来从美国回到北平，梁实秋刚从东车站下车，不及回家，便将行李先寄存于车站，匆匆步行到煤市街的致美斋，连叫三大盘爆肚儿，盐爆油爆汤爆，吃得牙根清酸，外加一个清油饼、一碗烩鸡丝溜缝垫底，十分饱足之后，方才大摇大摆地回家。这是他生平最为快意的一餐饭，直到五十多年之后，提起来犹有余兴。后来梁实秋到了青岛大学教书，想起北平的烤羊肉便馋涎欲滴，无可奈何，只好花大力气托人从北平订制了一具专业的烤肉支子，支子运至青岛之后，碰巧有饭店从北平运来大批冷冻羊肉片，梁实秋遂呼朋唤友，在家中大宴宾客，以山东潍县特产的大葱配烤羊肉，吃得宾主俱欢。而能为一餐烤肉如此折腾，也确乎只有老饕才想得到、做得出了。

五种面食

朝鲜面

鹤壁人嗜朝鲜面。所谓"朝鲜面"者，与市面上常见的"朝鲜冷面"不尽相同——面都是加了荞麦粉、呈暗黄色的细圆面条，唯少了一个"冷"字，在烹制方法和口味上，就大不相同。鹤壁的朝鲜面多以街边摊形式售卖，并无专门的店面，这些街边摊大都在傍晚六点至午夜十二点间出现在闹市区，也兼卖馄饨、小笼包等物。我读中学时，课业颇重，晚饭时间仅五十分钟，而校内食堂又人满为患，便常到校门口对面的面摊吃饭，每餐以一碗朝鲜面、一笼灌汤包果腹，彼时物价低廉，一碗朝鲜面不过一块钱，一笼包子也仅一块五，这当然算不得什么美味，但日日如此，却也并不觉得厌倦。

朝鲜面的好处，首先在于面本身的筋道，久煮而不泄，至于面汤，倒极简单，不过是一碗馄饨汤上面撒点芫荽、虾皮，另加一勺暗红色的酱罢了。这勺酱至关重要，它既不是朝鲜冷面所用的那种蒜蓉辣酱，亦非华北人常吃的豆瓣酱，究竟用什么制成，颇难揣度，但只要加一小勺到汤里，稍稍搅拌，便有化腐朽为神奇之效。我有一个复姓端木的朋友，不喜荞麦面，却偏爱喝这种汤，每次去朝鲜面摊，必点三笼包子，另嘱老板单做两大碗面汤以进，喝得大汗淋漓。这几年鹤壁渐兴起一种"鸡汤朝鲜面"，其所谓鸡汤者，乃用大锅熬煮整只老母鸡而成，汤醇味鲜，也称得上货真价实，比之寻常小吃店那种勾兑出来的鸡汤强得多，但不知为何，总觉得差了那么点意思。

蓬莱小面

近年重庆小面崛起，连华北地区的偏僻县城里，都可找到三两家铺面，姑不论其口味是否地道，就凭这种遍地开花的局面，至少已足证川味之得人心。有阵子我连续几日吃重庆小面，忽觉油腻不堪、食难下咽，不由得想起十几年前在烟台时常吃的蓬莱小面。

蓬莱小面在烟台算是早餐，若是午餐、晚餐时分去寻，恐不易觅得。华北人早餐多为油条、包子、大饼、汤粥之类，极少以面条为食，蓬莱小面算是一个特例。地道的蓬莱小面讲究"摔面"，亦即由面师傅将加了盐和碱的面团和到一定程度后，持其两端向案板或面模上猛摔，且摔且拽，如此反复，即成条状，这样做出来的面条，爽滑筋道。其实不独蓬莱小面，大抵胶东一带面食皆重"摔面"之法，如龙口的老黄县摔面、海阳的郭城摔面。蓬莱小面的卤汤亦别有讲究，其形态稍黏稠，似近于山西的打卤面，内容则大不相同，系用蛋花汤勾芡又加入种种"小海鲜"

（如鱼虾、海蛎、扇贝、海肠等）熬煮而成，食客可自行选择卤汤的种类，如鱼卤、虾卤、肉卤等。我曾在烟台芝罘区某饭馆吃虾卤面，除卤汤外，竟有一硕大的去壳对虾横卧面上，售价不过十六元，如此真材实料，若置之内地，恐非三五十元不能办。

赶早场吃蓬莱小面是种有趣的经验，尤其是在冬日，天色尚在将明未明之际，街道上弥漫着一层薄薄的海雾，沿街小楼的红顶、街道两旁的松柏，都有种朦胧感。面馆亮着灯，冒出阵阵热气，食客早已充盈其中，点一份鱼卤面，不过两块钱（据一位久居蓬莱的朋友说，九十年代的时候，五毛钱便可吃一碗鱼卤小面），卤汤虽稠，因少油少盐，食之却甚清爽，一碗面吃完，腹中便有种融融的暖意。自离了烟台之后，我再未吃到这样适于早餐的好面——重庆小面太过油腻，武汉热干面吃不惯，苏式汤面的质量近年又下滑得厉害。六年前一位烟台的朋友结婚，我赶去参加婚礼，婚宴是设在村里，除了诸般海鲜琳琅满目外，主食竟是每人一碗蓬莱小面，大快朵颐之余，想起当年走在薄雾中的烟台街头的情形，却有种恍如隔世的感觉。

鱼汤面

以鱼汤面闻名的地方，大概首推江苏东台。曾在扬州吃过一次东台鱼汤面，汤色乳白，一抹面条整齐如梳，些许翠绿的香葱末漫洒其上，不待动箸，只需闻一闻、看一看，已足令人垂涎。后来又在常州吃这种面，味道却不大对，汤色较浅不说，嗅之竟微微有股鱼腥气，大煞风景，问询了行家，才知做这鱼汤必用猪油炸过的鲫鱼和鳝鱼骨，若改用素油，则风味全然不同。

几年前在南京浦口小住时，常去吃一家鱼汤面。这家店店面甚小，所售食物即种种面食，小菜唯酸菜、锅巴两种，然而价格不菲，用料豪华的面食，如鱼汤羊肉烩面，要卖到八十块钱一碗——这还是几年前的价格。我所常吃的，是店里最普通的、售价最廉的鱼丸面，也要二十几块钱，另加酸菜一碟，鱼丸细嫩，酸菜爽脆，关键是鱼汤的温醇鲜香着实醉人，迥非寻常鱼汤面店加了味精勾兑的那种汤底之可比。其实鱼汤面一物，首先在汤，其次在面，至于其他食材，稍做点缀即可，譬如该店的"豪华单人餐"，在面里加了羊肉片、鳝鱼段、鲜虾、鱼片等，反倒凭空生出些异样的味道，有碍于汤本身的鲜醇。

江南面食，巧于烹汤，拙于制面，这恰与华北面食的特点相反。我在苏州生活多年，受陆文夫《美食家》的蛊惑，吃遍了城里的苏式面馆，深觉遗憾的是，即使是在当地最好的面馆里，其所谓"面"者，仍然不过是最普通的、批量售卖的机制细面，一碗面出锅，刚上桌时入口微微生硬，稍放片刻就变得有点坨，这样的面，不论汤怎样出色，都是无可救药的。我所吃过的最好的一碗鱼汤面，却是在河南辉县。豫北有一条河，名淇河，河水澄澈，为华北地区所罕见，河中所产鲫鱼甚佳，引得垂钓客纷纷驱车至此。某日我与朋友在淇河钓得鲫鱼五六尾，拿去附近农家小院烹制，其余一应食材，如芫荽、白萝卜、香葱、黄瓜等物，皆院中所出，主人以鸡蛋清和面，用鲫鱼加萝卜丝炖汤，做了几碗鱼汤面，凉菜是一大盆黄瓜拌粉皮，热菜便是那几尾鲫鱼，另有其自酿的猕猴桃酒佐餐，虽然简单，却吃得极为适意，尤其是那碗鱼汤面，简直鲜掉了牙齿！

合罗面

几年前初到鹤壁时，见满街合罗面的招牌，十分诧异，不知合罗面是个什么物事，后来得暇一尝才知道，就是饸饹面而已。合罗面在华北各省均可吃到，很难说是哪一地的特色，然而烹制方法大不相同，即在河南一省之内，也差异不小。鹤壁的合罗面是汤面，系用牛骨汤做底子，加了多种香料，汤色微褐，面上横铺几片切得飞薄如纸的牛肉，满当当一大海碗端上来，再浇一勺油泼辣子，洒一撮碧绿的芫荽，香气扑鼻！长垣县的合罗面却是凉面，配菜多用烫熟的绿豆芽和莴笋丝，另加老卤、蒜汁、香油、醋、芥末等，盛夏时节来上一碗，最是清爽解腻。某日我在浚县浮丘山脚下闲逛，见有摆地摊卖合罗面的，以为是长垣凉面，待落了座上来面挑一筷子要吃时，却见面条上沾满了黑红的麻椒、辣椒末，再看碗里，竟有红油、肉末等物，一问老板，才知是他自己拿主意，学了四川担担面的法子来做合罗面，这碗面直吃得满头大汗，倒也痛快。

曾听一位朋友说起他在西部做生意的事情，因为生意需要，常在武威、盐池一带走动。宁夏、甘肃也多有合罗面馆，却是讲究用羊肉做臊子浇在面上，这种臊子面我不曾吃过，揣想其口味，或许和大同的"羊肉栲栳栳"差不多。这位朋友自言喜欢吃羊肉臊子合罗面，某日独自开车由盐池去武威，中途拐到一处村镇办点小事，恰误了吃饭的时间，路上十分荒凉，正踌躇间，却见道旁有家合罗面馆，门脸破旧，遂停车入内，花十五块钱吃了一大碗面，不知是不是腹中饥饿的缘故，竟觉美味异常。半个月后他由武威回盐池，特意去寻这家面馆解馋，下了高速，驱车半个多小时才到，只见门脸依旧，房子里却已阒无人迹，梁上蛛网密布，桌上积满尘土，显见是个经年空置的所在。此事经他说来很是诡异，真假莫辨，然而民间此类段子向来甚多，倒也不足为奇，我所感兴趣的只是那碗面，究竟是怎样的美味法，才能引得他如此惦记。

烩面

言河南美食，必说到烩面。烩面在河南是最寻常的吃食，然而据我的经验，它在外省并不算常见，其流布的广度，远不及兰州拉面或山西刀削面，充其量也只和镇江的锅盖面相仿佛罢了。至于原因，我觉得倒也不难揣度，正宗的河南烩面讲究用羊肉汤做底子，即使标明菌菇烩面、海鲜烩面，底子仍然是羊汤——且不仅要用羊肉，还要用羊骨架、羊油，所以汤里就有浓郁的羊膻气，这种风味，想来是许多人所不能接受的。再则，河南烩面，各地的烹制方法不甚统一，难以形成规模，譬如最有名的合记烩面，每日里食客满座，但其连锁店却也并不多。我在烟台、苏州多年，未见当地有一家烩面馆子，在北京读书三年，也只见得零星几家，口味都只能说平平，由此可见，要吃到地道的烩面，恐怕还是只能在河南。

烩面的特点一在羊汤，二在面片。首先，和面时就要在面粉中加入精盐；其次，面和好后，搓成长条，再擀成面片，面片上需抹色拉油。以我个人吃面的口味和经验，且不论汤或卤子，单就面来说，镇江、扬州的"跳面"，胶东的"摔面"，合肥的"小刀面"，广东的"竹升面"，都堪称上佳之选；甘肃、青海的拉面，山西的刀削面，安徽的板面，陕西的裤带面，北京的抻条子面，可算第二梯队；苏州、无锡、上海，则不足以言面食。烩面的情况近于刀削面，对制面师傅的要求极高，我们日常所吃到的烩面、刀削面，十有八九是不甚合格的——在多数情况下，可能连面本身厚薄的均匀度都难以保证，厚的地方尚未煮透，薄的地方已经坨了。

吃烩面的有意思处还在面中的菜。濮阳过去有家烩面馆，讲究"半碗菜"，亦即一碗烩面中，菜的比例与面相当，此种特色大约极少见于其他种类的汤面。烩面中常用的菜，有豆皮、粉条、黄花菜、木耳、枸杞、当归、香菜等，若粉条足够优质，甚至会有点喧宾夺主的意思，我在郑州陇海路附近一家小馆子吃面时，就专要一碗汤粉——汤还是原来的汤底，各色菜蔬，一样不少，只不要面，以粉条代之，另搭配芝麻烧饼一枚，如此吃法，比吃烩面或喝羊肉汤，似乎都更有趣些。

谈腌菜

周作人曾感叹绍兴人有种莫名的、面对生活的危机感，其证据之一即是凡菜蔬之类皆喜腌制贮存，诸如霉干菜、臭苋菜等，都是例子。鲁迅也曾提到"S城"（即绍兴）的人有种习惯，"凡是小康之家，到冬天一定用盐来腌一缸白菜，以供一年之需"。这种危机感，人或以为是源自对"水"的忧惧（绍兴多水），其实不然。我自幼生长于黄泛区，河水泛滥是常有的事，"怀山襄陵"四字，诚非虚设，然而吾乡人并无大量贮存食物的习惯，相反，恰恰因为水患频仍，经年所积，往往一夕荡尽，所以"今朝有酒今朝醉，明天的事管他娘"，有酒便喝，有肉便吃，这才是其生活之常态。可以说，每年都要储备大量腌菜的人，亦必对生活有着长远而稳定的筹划，这不是什么坏事。

过去的人腌制蔬菜，大都为过冬之用，但如今种植技术发达，平民饮食中的"时令性"已经趋于淡化，多数人吃腌菜，反倒是出于对口味或便捷的追求。若就口味而言，腌菜其实宜夏不宜冬——盛暑时节，人们胃口欠佳，鱼肉荤腥，都觉无味，煮一锅白粥，佐以腌菜，是颇能消暑解腻的，所以袁枚在夏天得到朋友馈赠的冬腌菜，便忍不住赋诗云："当暑难求膳饮鲜，金盐玉豉话空传。黄芽忽嚼三冬雪，赤日全消六月天。"此处所谓"黄芽"，大概指的是黄芽白菜，"冬腌菜"者，或许就是最常见的腌白菜吧。尤侗也曾有诗答谢"客馈黄芽腌菜"，可见互赠腌菜，非止平头百姓之间的事情，文人雅士，亦所不免。更有趣的例子是赵翼，他过八十大寿，儿孙们欲请戏班子来热闹热闹，为他"暖寿"，他却督率阖府上下一起腌白菜，更有诗云："乡风暖寿本无稽，儿辈寻欢欲借题。珠翠满堂箫鼓沸，先生正制菜根齑。"

说到腌菜的种类，就其制作方法而言，无非渍菜和泡菜两类，前者如四川的榨菜、绍兴的梅菜、北京的酱黄瓜，后者如东北酸菜、四川泡菜、韩国泡菜，这些腌菜可谓名声在外，不过我这里想说的，却是另外的两种：

一种是"酱豆"，这种物事似乎近于四川的"郫县豆瓣"，只是不那么辣。鲁西一带人管腌酱豆叫作"撕酱豆"，这个"撕"字，不知从何而来。酱豆的腌制方法与寻常渍菜大同小异，只是配料上有些细微差异，有搭配冬瓜的，也有搭配西瓜的（专用西瓜刨去瓜瓤之后贴近瓜皮的那部分）。酱豆的吃法，大概以"炒"为主，直接吃亦无不可，但仍以炒食居多，讲究些的，是酱豆炒五花肉丁（被老饕视为下饭之"神品"）或酱豆炒鸡蛋，穷苦人家则喜欢酱豆炒萝卜丁、酱豆炒芹菜。我有一位小叔，三十年前在阳谷县读中学，去家十五公里，周末骑车往返一次，每次必携"酱豆炒萝卜丁"一大瓶而去，据他说，将食堂所蒸的大馒头掰作两半，夹上点这个，堪称美味。

一种是日本京都的"千层腌菜",是由一位去京都游玩的朋友带回赠送于我的。日本人偏嗜冷餐,似乎对于腌渍菜有特殊的情结,黄遵宪《日本杂事诗》中尝有句云:"琼芝作菜绿荷包,槐叶清泉尽冷淘。蔬笋总无烟火气,居然寒食度朝朝。"又加注解云:"东人能食生冷,饭日一熟,以水或茶冷淘食之。笋脯果干,即便下箸。寻常人家,每间日或数日始一举火,不为怪也。"青木正儿到中国游历,即因食江南腌菜而勾起乡情,并作《中华腌菜谱》。之前我曾吃过名古屋所产的咸梅干,就着日料店里的"茶淘饭",确是风味清隽。"千层腌菜"就更是令人难忘,这种腌菜系用酸茎菜的叶子腌渍而成。寿岳章子曾在他的一本记录京都繁华的书里说:"制作腌酸茎时所挑剩的菜叶,可制成清淡的腌渍物,这对居住在京都的人来说充满幸福的味道。"究竟什么是"幸福的味道"呢?初读时觉得玄虚不可捉摸,待得夹一箸千层腌菜入口,咸酸之外又透出一股清甜,嚼起来极脆嫩,才知此言不虚。

牛肉汤

豫北人过去鲜有食牛肉者，平时改善生活，偶尔会有炖羊肉、烧羊肉，春节前后囤积食物，亦不过整鸡、整鱼、整羊、猪臀尖等，却绝无牛肉、牛杂一类，此系重农思想所致，耕牛珍贵，又是农业生产的重要辅助，所以吃牛肉不仅常常为法律所禁，在读书人眼里更有种非道德的色彩——梁实秋就曾说过，他儿时家里常吃铛爆羊肉，牛肉却是从不进家门的。为什么呢？道理很简单，重农、重商乃君子小人分际，书香门第自是不会拿牛肉来满足饕餮之欲。又如袁枚的《随园食单》，记猪肉、羊肉、鸡鸭的烹制方法可谓琳琅满目，唯独杂牲单中写到牛肉，仅"牛肉"与"牛舌"二条，可见即在乾隆时期，吃牛肉也不那么普遍。至于梁山好汉大块吃牛肉的豪举，正如许多论者所说的，那不过是"侠以武犯禁"的延伸罢了。

牛肉汤在豫北一带的兴起是近十余年的事。在此之前，要吃牛肉，只能去专门的牛肉铺，寻常熟食铺子大抵只有烧鸡、卤肉、卤大肠之类。二十世纪九十年代，饮食业还不像今日这般发达，牛肉又算不得"常馔"，豫北的那些县城里，大都只有一家牛肉铺，我在浚县读中学时，每日里骑一辆吱吱嘎嘎的破自行车上下学，常路过县里那家牛肉铺，只见其匾额陈旧、门脸狭小，老板置一桌案于街边，上有直径二尺见方的熟牛肉一方，蒙以纱布，遇有前来买肉的食客，便揭开纱布，用尖刀切下一脔肉来，拿一张油纸包上。后来课余时间偷读古龙小说，常见其中有喝酒吃牛肉的情节，不禁垂涎，乃于某日下了晚自习回家时，买得半斤熟牛肉，央老板切作小块，在被窝里一块块塞入口中。

最初传入豫北的是洛阳牛肉汤。洛阳饮食以水席闻名，然而过往食客大都对水席无甚印象，倒是当地的各种汤，如牛肉汤、羊肉汤、驴肉汤、豆腐汤、丸子汤、不翻汤、胡辣汤等，颇能令人垂涎。洛阳牛肉汤讲究以牛骨熬汤，最好是牛腿骨，有洛阳的朋友曾告诉我诀窍云：牛骨下锅之前最好用锤子砸得微微裂开——若砸成碎块也不好，熬汤所用的各种香料中，以八角最为关键，但稍放几颗即可，多了也会影响口感。豫北人过去早餐有喝羊肉汤的习惯，乍见牛肉汤一物，倒也适应，只是喝羊肉汤常搭配的是烧饼，洛阳的牛肉汤却是搭配切成细长条的白饼丝，如此一来，便影响了生意——豫北人不喜于汤中浸泡面食，讲究汤是汤，饼是饼，因为含大量淀粉的面饼浸在汤里，会影响汤本身的清醇度，显得黏浊，羊肉泡馍在当地几乎无法生存，也是这个缘故。后来这些牛肉汤馆纷纷改易策略，或用一个硕大的平底锅烙手抓饼，或改卖牛肉粉条馅包子，倒也生意红火。

淮南牛肉汤近年来风行各地，虽然还不能与沙县小吃、兰州牛肉拉面分庭抗礼，但发展势头却也十分迅猛。有一次我与朋友驾车出游，中途在一个荒僻小镇落脚吃饭，当地百业凋敝，连进了几家餐馆，都只见苍蝇扑面，桌上油污满布，实在无法忍受，只好道个歉退出来。又行片刻，才见有家餐馆冒出腾腾热气，仔细看招牌，赫然写着"淮南牛肉汤"，再看时，倒也窗明几净，如此，方免了忍饥之苦。从口味上讲，我以为洛阳牛肉汤与淮南牛肉汤差异不大，配料也都有粉条、豆皮等物，倒是十年前在扬州凤凰桥一带喝过一家小馆所熬制的牛肉汤，汤醇味永，令人难忘。据说这家小馆子每年只一半时间营业，店里所售，也仅熟牛肉、牛肉汤两味，要吃主食，需到隔壁烧饼油条店另行购买。

广东人吃牛肉的风气远盛于北方，近年来崛起的潮汕牛肉火锅自不必说，就是寻常粤式排挡或港式茶餐厅里，牛腩粉、牛肉面等物，大约也是极常见的。郑州金水河畔过去曾有家粤菜馆子，烹制海鲜、烧味甚精致，另有一味白萝卜牛腩汤，白萝卜和牛肉皆系从广东空运而来，萝卜脆嫩而绝无辛辣火气，牛腩肉入口质感极佳，关键是二者配合，小火慢熬，那汤便有种说不出的清鲜之气。如今川湘菜大兴，粤菜在北方的势头渐衰，这家馆子早已倒闭，再要在河南喝到这样的好汤，怕是很难了。

村宴之趣

我自幼生长在县城,及长,又到城市里读书、工作,能领略"村宴"的机会不算多,但也有那么一些。读小学时,父亲被下派到一个乡里工作,那个乡紧邻黄河,每次去玩,都有机会尝点河鲜——彼时的黄河鲤鱼极便宜,乡东头有个水闸,若在开闸放水时趁机捕鱼,总能有不小的收获。水闸再往东,便是一处饭馆子,这是乡里唯一的饭馆,说大不大,说小不小,除了几个窝棚外,还有半亩荷塘,荷塘中更饲有鱼虾之属。正所谓"靠山吃山,靠水吃水",这话放在过去,放在经济不甚发达的地方,半点不假,这家饭馆的特色,大抵以黄河里的河鲜为主,鲤鱼自不必说,更有那重逾两斤的黄河鳖,杀鳖放血,与老母鸡同炖一锅,鲜美异常。其实对于小时候的我来说,吃村宴的趣味倒并不主要在吃,就比如在这家简陋的小馆子里,每到夏天傍晚,吹着漫过池塘、荷叶的清风,耳朵里是零星远近的蛙鸣、虫鸣,再听乡民们说些黄河滩上的鬼怪奇闻,着实有点王士祯所谓"豆棚瓜架雨如丝"的意思。

后来父亲回城工作,再要吃村宴,就只能趁着参加红白喜事的机会了。这里面有两次有趣的经验：一次是在阳谷县寿张镇的某个村子，席上有"六冷、六热、六蒸碗"的讲究，凉菜和蒸碗也只寻常，不过是拌黄瓜、拌菠菜、蒸鸡块、蒸鱼块之类，那"六热"却是一色的"滑溜"，滑熘肉片、滑鸡片、滑鱼片以及笋片、口蘑、木耳等，所谓"滑溜"者，关键处大概在于裹在肉片菜蔬上的那层蛋清淀粉糊，里面不知加了什么调料（大约有白胡椒粉），入口腴润而质感细嫩，全无一般炒菜的那种"火气"；还有一次是在范县某村吃婚宴，时值严冬腊月，宴开二十余席，除重要的客人外，一律只能在露天的席位上吃饭，待得上来几盘菜后，天上又飘下雪花来，席上诸人，大都冻得缩手缩脖，然而菜甫上即凉，只能速战速决，后来主人于每桌上特送"辣糊汤"一大盆（几乎有脸盆那么大），众人喝得满头是汗，无不称快。辣糊汤者，不同于寻常所谓的胡辣汤，大抵用姜末和胡椒营造辣味，另加菠菜、粉条、海带丝等，勾芡做汤，据说当地人冬季凿冰捕鱼，回来必喝一大碗辣糊汤暖身子。

有一种论调，谓方今饮食行业凋敝，要品尝真正的美食，需到农村去。此种论调，未免过甚其词，饮食业的发达，必与经济相伴生，需求决定市场，市场又决定资源，诚然，过去有些精耕细作的吃食，在这个快节奏的时代已不易得，但就其整体发展而言，趋势向上是必然的——过去民力贫弱，普通人家经年不下一次馆子，饮食业又何从发达呢？行业凋敝者，我以为应指向"商场馆子"或"连锁餐厅"的兴盛，前者重装修、食器、氛围而轻口味，今日"朋友圈美食"的泛滥即由此而来；后者用高度统一的烹制规格保证其口味在某个标准线之上,却也因此牺牲了特色。吃村宴,吃的恰恰就是为"朋友圈美食"和"统一规格"所掩盖的,某些不甚光鲜明艳的、未曾被市场需求所规训的东西,在这个方面,我还有三次有趣的经验:

一次是在胶东,当地村宴极重海鲜,韭菜炒海肠、辣炒八爪鱼、蒜蓉扇贝、烤牡蛎、椒盐皮皮虾、酱焖黄花鱼等摆满一桌,压轴主食是两大盘鲅鱼馅饺子和每人一碗蓬莱小面,虽然都是寻常海味,但如此"高密度"地吃海鲜,实是生平第一次,这餐饭让我至今记忆犹新。

一次是在赣南,当地饮食风气,凡鸡鸭鱼肉、诸般菜蔬,皆喜风干贮藏,席上吃食,大都是"干货",肉类有炒腊肉、酒糟腊鱼、风鸡、咸鸭、灌肠等,菜类有炒茄干、炒豆角干、番薯干、笋干、鸡蛋炒萝卜干等,口味如何且不说,要吃到如此别致的一餐饭,恐怕也不容易。

还有一次是在广东,粤人本擅烹饪,席上菜肴样样精致自不必说,尤其那一味"脆皮烧肉",皮脆而肉松,入口香醇且有层次感,可以用"惊艳"二字形容。待问主人烹制之法时,他却说晚清时该地有村规,凡男女通奸者,处以罚金,所收罚金皆置烧肉,分飨乡民,如此一来,淫冶之风未见收敛,倒使得当地人练就一身烹制烧肉的本事,听者皆大笑,想来设此村规的那位乡绅,也是个风趣的饕餮之徒吧。

月下饕客的时间

——跋何亦聪《灯下谈吃》

我与亦聪相识五年,竟有了如许回味的饕餮时光。我曾与他在晨雾茫茫的楚河汉界粘过一碗热干面,也曾与他在晴日炙烤的陕北高原挑上半碗甘泉饸饹。我向来以为,大江南北、酸甜苦辣皆能啖之,真可谓吃掉一生又何可惜!然而,当读罢这本"抄书体"散文之后,你一定会发现亦聪对于大快朵颐只在向往之间了。因此他写道:"几年前我去长沙,到处找这种'鸡火面',想要一饱口福,却是遍寻而不得,最后只能在一家连锁的牛肉面馆胡乱填饱肚子了事。"他更调侃道:"苏州人向来以擅吃蟹著称,但即便是在阳澄湖畔花样最多的馆子里,也难有如此酣畅淋漓的吃,无非是吃得更精细一些罢了。""淋漓"二字为作者最喜使用,"淋漓"的境界却在畅快、酣畅、大汗这些修饰词后消散了。

想来我与亦聪的友谊概起源于吃的分野:我的食量大,他的食量则很小。他遍访人间美味,却经常在我的囫囵吞枣里大饱眼福。后来每到异地也会学着他的样子对食物品评一二,然后发个截图,引他垂涎。我是金牛座,他是双鱼座,他总眼冒金星羡慕我的人生太彻底，而我却总口是心非妄图超拔他的不彻底。实质就是殊途同归，他到了一盏灯下，于一片黑暗里透出一星灼热，而我不过是惨淡里分明了一抹月色。饕客的时间从来就在明暗之际，在个混沌蒙昧的时刻，探讨一番人之大欲野蛮生长。最为可悲的、可喜的、可叹的、可鄙的还是饕客的时间必得通过"回忆"赋义。张爱玲说："回忆这东西若是有气味的话，那就是樟脑的香，甜而稳妥，像记得分明的快乐，甜而惆怅，像忘却了的忧愁。"马尔克斯也经常用追忆体结构自己的小说，在《霍乱时期的爱情》里，他写道："回忆总是会抹去坏的，夸大好的，也正是由于这种玄妙，我们才得以承担过去的重负。"多少年来，人们对散文的喜爱大概多半是因为其"甜而稳妥"。在《米粉与米线》中，亦聪也写道："事关记忆，与过去的时光搅拌在一起，也就格外的让人惦念。"然而，亦聪的散文里的玄妙只在于故纸张中的一种承担。我想中国人写文章向来是重视空间的，因为"月下"和"灯下"总生成了回忆的苍凉或者甜蜜，可总结为意境。从这本文集中，我却更看到了它的时间，老北平的流逝还有老人生的流逝——淡淡的流逝——"味外之味"的不可得。谈人之大欲怎能没有惊艳的瞬间？你只需会心一笑吧。

"惜诵以致愍兮，发愤以抒情。"知识分子的素日所喜所悲，一旦见诸文字，语言的形式里往往应当作"抒情"来看待。亦聪散文的第一个特点可以概括为：蓄而待抒、含而近质。周作人是亦聪博硕论文的研究对象，周作人的散文时常呈现"得半日之闲，可抵十年尘梦"，平淡的人生中有苦味涩味。亦聪的散文却在尘梦之中有一种情绪的蓄积,含蓄却单纯、质朴。被广泛转载的名篇《馄饨担》便是其中的代表作,文章先着笔于"平民风景",继而广引"酣饮惬意",最后落笔:"馄饨的作用,大抵相当于汤,而不是饭,明白这一点,就不会苛责北方馄饨的馅少、内容单一了。"不知怎么的,读罢最后这一句,我会联想起:"若是微尘众实有者。佛即不说是微尘众。"谁又能说清人生中何为"汤"、何为"饭"?亦聪是巴赫的忠实听众,我听巴赫也是受了他的影响,记得当时他这样陈述自己推荐的理由:"巴赫不像贝多芬有如此强烈的爱憎怨怒。"记得有一次,我们交流不同演奏家演绎的巴赫作品BWV1004《恰空舞曲》。小提琴家伊扎克·帕尔曼的演奏是悠扬的,他身残志坚的形象加上娴熟的转音颤音的运用,感染力极强。而我们一致倾向于法国钢琴家埃莱娜·格里莫的演绎,因为这个版本是雄浑庄严的,展现"光明与痛苦的和解"。最后亦聪总结道:"真谛未必需要'湿漉漉'地表现出来。"如果就此认为亦聪的抒情总是静穆的,也未必确切。好友之间总会有些经常谈论的人和事,有时谈着近于遗忘放弃了,亦聪还是会在每一次对谈中断后沉默十分钟忽然再次提起,问是何故,他答:"总是寄托着某种情怀吧。"还有一次同事小聚,席间我朗诵了自己的诗歌,其中有"请带我走!万亿年的星辰"这样的句子,当时未见亦聪有所反应,晚上回家后他给我发来微信:"人生若都如你的诗歌一样,该多好。"可见亦聪的真,更可见他对真的表达是内敛的。俗语说:"男儿有泪不轻弹,只是未到伤心处。"作为读者,我期待着行文之间的抒情绽放;作为朋友,我倒希望亦聪永远不要有那个触动开关的"伤心处"。

何亦聪散文的第二个特点是素朴洗练的"时间"。我们一般会用"朴素"和"洗练"来形容语言,而不是形容"时间",那么为什么这样说呢?若说《灯下谈吃》里有一个中心思想,我想便是时移事异,难求本真。几乎在每篇的结尾处作者都流露出此种感怀,例如:"粤菜的真谛在于'尊重食材',其在鲁西的发展却以'发掘异味'始,以'博取眼球'终,这不能不说是很可悲的一件事情。"又如:"因近年饮食安全问题甚多,在缺乏保障的小摊贩处,要吃到真正的羊肉,恐怕都已不是件容易的事了。"再如:"可惜的是现在的正阳楼久已不复往日模样,梁实秋念念不忘的这碗'氽大甲',大概终于成为绝响了。"所以,每读完一篇我隐隐会替亦聪惋惜,也许真是生错了时代?第二个因由是:亦聪对吃的典故如数家珍,但他将时间酿为一盏,顷刻而馨,宾主尽欢。如果说空间有幻化万端终如露如电的泡影,而时间似乎可以洗练凝结终一闪即逝。当然最终亦聪没有沉陷于怀旧的情景,鲁迅的辣酱、郁达夫的烧酒、汪曾祺的茶干,可能只是时间的考察而已。过去就让他过去,回忆无所谓甜咸。我想,一个可以洗练时间之人,虽然以其广博遮掩了抒情,但他是何等深情之人啊!

最后不免说几句大白话,为自己发一通感慨。在亦聪来到教研室之前,我是年龄最小的"劳动者",他来了以后我们自然结为朋党。我又是独生女,而以兴趣相投、性格互补与亦聪结为姐弟,真好!《世说新语》里有个很好的故事:王子猷居山阴。夜大雪,眠觉,开室,命酌酒。四望皎然,因起彷徨,咏左思《招隐》诗。忽忆戴安道,时戴在剡,即便夜乘小船就之。经宿方至,造门不前而返。人问其故,王曰:"吾本乘兴而行,兴尽而返,何必见戴?"那么,我想姑且学一回王子猷,写就写了,因起我的彷徨,尽了我的兴,至于那在剡的朋友,只等待他推门而出吧!

刘芳坤
2018年1月15日
草就于山西大学主楼

格致文库书目

林　鹏	《梦里家山》	21.00元
韩　羽	《信马由缰》	29.00元
李国涛	《目倦集》	25.00元
邢小群	《经典悸动》	25.00元
李新宇	《故园往事·一集》	25.00元
黄永厚	《渐江和我们》	20.00元
刘广定	《读红一得》	20.00元
徐庆全	《他们无时代》	20.00元
李新宇	《故园往事·二集》	25.00元
卫洪平	《双椿集》	26.00元
崔　海	《多大点事》	32.00元
徐乐乐	《文字爱好者》	28.00元
北　鱼	《会心集》	32.00元
于　水	《杯酒文章》	38.00元
刘二刚	《午梦斋题画》	32.00元

怀　一	《画外》	38.00元
武　艺	《游于艺》	28.00元
韩　羽	《读信札记》(平装)	128.00元
韩　羽	《读信札记》(精装)	148.00元
朱英诞(陈均编)	《我的诗的故乡》	30.00元
高恒文	《苍茫的留恋》	22.00元
介子平	《民国文事》	25.00元
启　之	《有梦楼随笔》	20.00元
布　谷	《老莲小笺》	22.00元
丁　东	《人海观潮》	22.00元
韩三洲	《书丛探幽集》	20.00元
曹乃谦	《何母日记》	45.00元
吴冠南	《花间闲话》	55.00元
李　津	《爱与哀愁》	49.00元
赵亭人	《因了心意》	39.00元
靳卫红	《事事关己》	35.00元
李国涛	《编稿手记》	30.00元
阎守诚	《探访逝去的时空》	22.00元
聂　尔	《道路》	28.00元
汪　政	《悲悯与怜爱》	29.00元
李南央	《异国他乡的故事》	22.00元
杨　栋	《梨花楼书事》	25.00元

王祥夫	《蝴蝶飞何园》(精装)	39.00元
王祥夫	《白石老人的虫子》(精装)	39.00元
王祥夫	《吃的品味》(精装)	39.00元
邢小群	《燕山札记》	25.00元
赵承楷	《晨起以记》	22.00元
李延祜	《〈红楼梦〉拾趣》	25.00元
张小苏	《漂·移》	29.00元
王孟奇	《高粱居旧话》	38.00元
介子平	《民国情事》	29.00元
何亦聪	《灯下谈吃》	30.00元

欢迎荐稿欢迎赐稿　　邮箱 mjbywy@163.com